Della stessa autrice

Eredità
Lontananza

Le strade
592

I edizione: febbraio 2025

Via Isonzo 42, Roma

Titolo originale: *Gjentakelsen*
Traduzione dal norvegese di Margherita Podestà Heir

ISBN: 979-12-5967-569-9

www.fazieditore.it

La traduzione di quest'opera è stata pubblicata con il contributo economico del NORLA – Norwegian Literature Abroad

NORLA
Norwegian
Literature Abroad

Vigdis Hjorth

Ripetizione

traduzione di Margherita Podestà Heir

Fazi Editore

Quello che vuoi dimenticare ritorna, ti perseguita in maniera così intensa da darti l'impressione di riviverlo. E di solito riprovi anche gli stessi sentimenti travolgenti e ingestibili di allora e pensi che soccomberai sotto il loro peso, per questo combatti per contrastarne il ritorno, ti opponi senza riuscire a impedire che questo avvenga, né a proteggerti dalla sofferenza che ne consegue. Sei costretta a rivivere ogni momento. Ma una volta che hai riprovato e rivissuto tutto quanto, una volta che questo dolore paralizzante si affievolisce, probabilmente scoprirai di aver acquisito una nuova comprensione del significato di quanto è riemerso. Ecco perché è tornato, per dirti qualcosa.

Perché scrivo "tu" quando intendo "io"?

Era novembre inoltrato e, quando mi ero svegliata, come avveniva sempre in quel periodo dell'anno, il mattino era buio e il buio sarebbe calato nuovamente alle quattro del pomeriggio. Se fossi uscita, lì dove mi trovavo, in una piccola casa di legno all'interno del Nordmarka, la grande area boschiva che cinge a settentrione la capitale norvegese, non sarei riuscita a vedere neanche a un palmo dal naso.

Avevo l'abitudine di ritirarmi in quell'alloggio spartano dopo periodi di intensa attività esterna, conferenze e festival, per potermene stare tranquilla, leggere, dormire fino a tardi, riposare e sognare. Per tutto l'autunno avevo viaggiato in lungo e in largo per il paese per discutere del rapporto esistente tra il romanzo e la cosiddetta realtà, un tema che, da quando scrivevo narrativa, mi aveva puntualmente accompagnato in tutti questi anni e di cui ero abituata a parlare, ma quell'autunno avevo avvertito un senso crescente di impotenza e inquietudine. Ero rimasta spesso in silenzio fino a quando, in occasione dell'ultimo evento, avevo avuto la sensazione che l'intelletto abdicasse, che me ne stessi allontanando.

Ero rimasta in quella casetta tra i boschi per una settimana e avrei voluto starci più a lungo perché avevo avuto la possibilità di leggere, dormire fino a tardi, riposare e sognare, ma l'Orchestra sinfonica dell'Università di Oslo avrebbe tenuto il tradizionale concerto prenatalizio nell'Aula Magna dell'ateneo e avevo promesso alla mia amica violista che ci sarei andata. Inoltre, avevo appena letto che la ripetizione costituisce la serietà della vita, che la ripetizione rappresenta il pane quotidiano dell'esistenza, che ci sazia e nutre con la sua benedizione e, dal momento che assistevo al concerto prenatalizio dell'orchestra da tre anni di fila, speravo che quella sarebbe stata un'esperienza benedetta. Mi ero occupata dei preparativi in vista della partenza del giorno dopo, così ero uscita con il cane più tardi del solito, al crepuscolo. Ero scesa giù per il bosco fino a raggiungere la strada non illuminata che di solito seguivamo per arrivare fino alla punta, da cui si potevano osservare alcune parti del lungo ramo lacustre di Steinsfjorden. Le casette che avevamo superato erano completamente sbarrate e chiuse, era fuori stagione, però, a prescindere da questo, era raro che vedessi gente, in alcune di quelle più vecchie che si trovavano sulla collina dietro di me non avevo mai visto una luce accesa.

Avevamo fatto dietrofront per rientrare quando aveva cominciato a far buio, prima gradualmente, ma poi così all'improvviso che, quando mi ero portata la mano all'altezza del viso, non ero stata nemmeno in grado di scorgerla. Il cane, invece, aveva continuato a procedere impavido e, se non fosse stato per la lucina lampeggiante del collare, se non fosse stato per la mia cagnolina, forse sarei stata costretta a gattonare lungo lo spazio che separava il ciglio della strada dal bosco. Avevo tallonato il cane e, probabilmente proprio perché non vedevo nulla, il mio udito era molto più sensibile e sentivo l'incedere ritmico delle zampe sul terreno, il suo respiro regolare, il fievole mormorio del vento che spirava tra gli alti pini. Dopo circa tre quarti d'ora, il cane aveva imboccato quello che doveva essere il sentiero che portava alla casetta. Prima di uscire, avevo spento tutte le luci, per cui era immersa in un'oscurità che la rendeva come muta. Avevo seguito il cane procedendo con cautela per evitare di inciampare in pietre e radici e, quando si era fermato, grazie al bagliore rosso della lucina, avevo intravisto i gradini antistanti e mi ero seduta. Nessun chiarore lunare, il cielo non era stellato, era buio come se fossimo stati sottoterra, respiravamo oscurità, il cane con tutti i sensi all'erta rivolti verso il bosco, io in ascolto di me stessa, dove qualcosa si era mosso, era emerso dal profondo, ma era scomparso un attimo prima che fossi riuscita a catturarlo, alla stregua di un sogno notturno che può dissolversi mentre cerchi di ricordarlo, ma al contempo rimane presente nel corpo la sensazione di averlo vissuto a livello fisico: inquietudine e malinconia. Dopo aver richiuso la porta a chiave, eravamo andate a coricarci ma, non riuscendo a prendere sonno, avevo continuato a girarmi e contorcermi nel letto per tutta la notte fino a quando non mi ero addormentata verso le prime ore del mattino. Avevo sognato di essere giovane e di scoprire di avere una grande ferita sul fianco, un taglio dovuto a un coltello o a un paio di forbici, che pensavo di dover disinfettare, mostravo la ferita a mia madre, chiedendole se aveva qualcosa. Lei aveva un'aria disinteressata, ma diceva che sarebbe andata a controllare, però non era tornata, doveva essersene dimenticata. Poi vedevo una freccia per terra e la raccoglievo, ma era una penna. Mi ero svegliata con il cuore che mi martellava nel petto perché quel sogno si ripeteva da tempo, pur con varianti diverse, come un monito. Mi ero alzata ed ero uscita con il cane, cos'altro avrei potuto fare, avevo camminato a lungo nella nebbia grigia e umida con la sensazione di essere infelicemente innamorata, ma senza avere nessun oggetto che giustificasse tutta quella bramosia intrisa di irrequietudine.

Una volta finito di preparare i bagagli e rassettare, mi ero messa al volante e, mentre stavamo scendendo lungo le ripide colline che da Ringkollen proseguivano verso Klekken, fortunatamente si era messo a nevicare. Grossi fiocchi di neve volteggiavano lenti davanti al parabrezza e ai fari della macchina rendendo difficile la visuale e costringendomi a concentrarmi per rimanere sulla carreggiata buia, stretta e tortuosa, ma presto il mondo sarebbe diventato luminosamente bianco e scintillante, tutto quanto c'era di aguzzo e affilato si sarebbe smussato. Succedeva ogni anno in quel periodo, si ripeteva, e la ripetizione è la serietà dell'esistenza. La speranza è come un indumento nuovo – rigido, stretto e scintillante – ma di cui, finché non lo avrai indossato, non saprai mai se le misure sono giuste o se ti starà bene, e il ricordo è come un indumento dismesso: per quanto possa essere bello, non ci stai più dentro perché sei cresciuta. La ripetizione, invece, è come un indumento indistruttibile che veste in maniera salda e delicata, non stringe né svolazza. Ero contenta di non sperare nulla, perché allora il pensiero mi spaventava?

Quando ero arrivata a Sandvika, era già di nuovo buio, lì non nevicava come in altura. Avevo svoltato in direzione di Oslo, non verso Kristiansand e Nesøya come facevo di solito, mi ero lasciata inglobare dal denso traffico domenicale che si muoveva in modo insopportabilmente lento verso il centro. Dopo aver finalmente parcheggiato sotto la Sala Concerti, avevo percorso le strade battute dal vento e quasi deserte per via della domenica, diretta verso l'università, mentre superavo tristi sagome avviluppate in enormi giacconi e sciarpe scure che avanzavano chine contro le folate gelide. Una volta nei paraggi, avevo visto che parecchie persone si erano già raccolte sulla scalinata antistante, non avevano ancora aperto le porte, quindi dovevamo aspettare. Aspettare è faticoso, soprattutto al freddo, così speravo che il tempo passasse veloce. Speriamo che il tempo passi veloce. Abbiamo una sola vita a disposizione sulla Terra, un'esistenza terrena fulminea rispetto all'infinità del tempo, eppure ci sembra che non trascorra mai abbastanza in fretta. Sì, lo so. È difficile concordare il proprio modo di vivere con la propria conoscenza, forse è impossibile. Mi ero messa in modo che nessuno mi vedesse in viso, avevo chiuso gli occhi e respirato profondamente mentre parlavo a me stessa in maniera tranquillizzante, mentre avvertivo l'irritante presenza dei miei simili, anche loro mortali, il loro respiro e i suoni che producevano quando si muovevano, quando cercavano di scaldarsi battendosi le braccia, quando spostavano il peso del corpo da una gamba all'altra, i loro passi sui gradini della scalinata, stava giungendo altra gente, la coda che si faceva sempre più compatta, mentre i presenti si accalcavano ancora di più davanti alla porta, la loro impazienza e l'ansia. Gli esseri umani esistono solo qui, su questo piccolo pianeta, là fuori ci sono sicuramente molte forme di vita intelligenti, ma nessun essere umano, in nessuna di tutti questi miliardi di galassie, una specie rara e in via d'estinzione, i cui esemplari sono così crudeli l'uno con l'altro. Avevo sentito un suono metallico e, dischiudendo gli occhi, avevo visto aprirsi i battenti di quelle porte pesanti. Fui una tra i primi a entrare.

Gli strumenti erano sul palco, mi accomodai in modo da poter vedere la viola, sul lato sinistro della terza fila, dove ero seduta l'anno prima, la ripetizione. Continuava ad arrivare gente, ma tutti parlavano sottovoce come l'anno precedente, il locale emanava un'aria di solennità. I nostri corpi riacquistarono calore, alcuni si tolsero giacche e cappotti, coppie e pensionati, famiglie con bambini piccoli, una figlia adulta con una madre anziana, un figlio adulto con i genitori o viceversa, non notai nessun altro che fosse lì da solo. Vedere i più piccoli che si arrampicavano sulle ginocchia dei genitori mi commosse, non ero mai stata a un concerto da bambina, non ce l'avevo nel sangue, come sarebbe stata la mia vita se fossi stata a un concerto da bambina e ce l'avessi avuto nel sangue? Forse non sarebbe successo quello che stava per accadere? Alla mia destra c'era un posto libero, un uomo si fermò, dietro di lui c'era una donna, dietro di lei una ragazza di quindici, forse sedici anni, la loro figlia, pensai, i legami invisibili vibravano. L'uomo le picchiettò sulla spalla e le indicò la fila, lei annuì e venne a sedersi accanto a me, la madre la seguì, poi il padre, c'era a malapena spazio, stavamo così stretti che sentii la giacca a vento della ragazza sul braccio, non era contenta. Non potevo proteggermi dalla sua presenza tanto mesta, la figlia non voleva essere lì, era stata costretta e ora, schiacciata tra la madre e una sconosciuta, fissava il programma mentre la madre la guardava con aria di disapprovazione perché la figlia non era felice, non era grata, la madre incrociò lo sguardo complice e frustrato del marito, indipendentemente da quanto facessero, la figlia era scontenta, non voleva essere felice, protestava in silenzio, teneva gli occhi incollati sulla pagina. Alle sei si chiusero le porte, si abbassarono le luci, entrarono i musicisti, salutai la violista con la mano, il brusio soffocato che aleggiava nella sala si spense. Il direttore d'orchestra fece un inchino, tutto era silenzio e attesa, alla ragazza seduta accanto a me con lo sguardo fisso sul programma tremavano leggermente le mani, come a me, il direttore si girò verso l'orchestra, alzò la bacchetta e la musica ebbe inizio.

Salmo natalizio della Norvegia settentrionale, *benedici il giorno sul fiordo, benedici la luce sulla Terra*, la madre della ragazza si tolse il cappotto, si sfilò dal collo la sciarpa Burberry a quadri, la ripiegò sulle gambe prima di palparla con movimenti inquieti delle mani, neanche lei avrebbe voluto essere lì, c'era per la figlia, che non mostrava nessuna gratitudine. Il padre aveva speso una bella somma nel comprare quei biglietti costosi, lo aveva fatto affinché facessero qualcosa di piacevole insieme nel periodo prenatalizio, invece la figlia non era contenta. *La pace di Dio sui monti e le colline, la pace di Dio sugli animali nella stalla.* La madre si piegò verso di lei per sussurrarle: Togliti la giacca, gliela pizzicò più volte con le dita, poi, dopo essersi chinata verso il suo orecchio, le diede una leggera gomitata e le ripeté sempre bisbigliando, ma più forte: Toglitela. La ragazza chiuse gli occhi, la madre sibilò il suo nome, il mio, quel nome duro, ma la figlia non voleva obbedire perché la giacca le serviva per nascondersi al suo interno, ecco perché la madre voleva levargliela, stanarla da quel nascondiglio, da quel posto sicuro che per la ragazza era come una casa, *siamo caparbi come te, benedici con parole eterne la gente che vive qui a nord*, applaudimmo, la ragazza non applaudì. La madre lanciò un'occhiata verso il padre, il padre scosse la testa, *O santa notte*, era come se avessi avuto gli occhi sul collo e li seguissi di sbieco con lo sguardo. La madre tirò la ragazza per la giacca con più forza e più da vicino, superando il limite dell'intimità, perché mai quell'indumento era così importante? Perché era diventata una battaglia e la madre voleva vincerla. La ragazza abbassò la zip, la madre le tirò la manica, era lei, erano loro a mantenerla, a darle da mangiare, anche se non doveva costargli molto, era così magra, ma avevano pagato la giacca, quindi potevano pretendere, oltretutto le altre persone che facevano parte della vita di quella giovane, gli amici che speravo avesse, non erano presenti, per questo era costretta a stare lì, sola con i genitori, al concerto prenatalizio dell'Orchestra sinfonica dell'Università di Oslo, era lì per compiacerli e in quel modo loro si tranquillizzavano, avendo la riconferma del proprio potere. Doveva essere successo qualcosa in precedenza, probabilmente era successo qualcosa di terribile la settimana prima a cui bisognava porre rimedio ed era necessario farlo perché i genitori ne avevano bisogno. Lo sguardo minaccioso della madre e il repentino movimento della mano del padre che significava: Levati quella maledetta giacca! Con l'aiuto della mano destra la ragazza se l'abbassò lentamente dalla spalla sinistra, il gomito sfiorò il mio, poi fece lo stesso con la spalla destra servendosi della mano sinistra, ma non sfilò le braccia dalle maniche, così la giacca le rimase appesa dietro la schiena, metà indosso, metà no, pareva una strana camicia di forza. Chinò la testa sul programma e chiuse gli occhi, vidi che piangeva. Catturata, paralizzata e incapace di restare dov'era senza rimanerne distrutta, eppure non aveva nessun posto dove andare e nessuno a cui rivolgersi, quindici o sedici anni e dipendente. Avrei voluto metterle un braccio sulle spalle, sussurrarle all'orecchio che sarebbe andato tutto bene, ma non lo potevo sapere, molto probabilmente sarebbe finita male, così pareva, e comunque, qualsiasi cosa le avessi detto, non avrebbe alleviato il suo dolore, *la Terra è meravigliosa*. Non potevo fare niente per lei e, anche se ne fossi stata in grado, non sarebbe contato nulla perché le persone da cui cercava comprensione, coloro verso cui era rivolta la sua speranza inquieta, erano quei due. La stirpe deve seguire il corso della stirpe e tu vi sei legata, dal tuo primo respiro all'ultimo, e, finito l'ultimo brano, applaudimmo e ci alzammo, la ragazza si tirò la giacca a vento sulle spalle e uscirono davanti a me, tre persone infelici e smarrite, ma legate indissolubilmente. La gente premeva da ogni parte, impaziente, perché la vita non poteva far altro che scorrere veloce, e li persi di vista nella calca. I musicisti erano spariti dietro le quinte, ma non li seguii per parlare con la violista, invece uscii, affrontando il freddo e l'oscurità mentre portavo la ragazza dentro di me, non mi recai sull'isola e a casa mia come previsto, ma tornai nel bosco, perché dentro di me era riapparsa Grøndahls vei, era riapparso il mio ultimo novembre al primo piano della casa a Grøndahls vei, dove avevo mosso i miei passi da bambina, come si suol dire, in un quartiere piccoloborghese nella parte inferiore di Tåsenveien. Nella parte superiore della pericolosa Tåsenveien c'erano grandi ville con grandi giardini, mentre in quella inferiore c'erano abitazioni più piccole con giardini più piccoli e villette a schiera, mentre ancora più sotto si ergevano i condomini dove abitavano gli operai della chioderia. Il primo giorno di prima elementare, la maestra ci aveva chiesto di disegnare la nostra casa. In seguito, ho sempre pensato che in quel modo i disegni le avrebbero rivelato molto del retaggio socioculturale di ciascun bambino, come si direbbe oggi.

Novembre 1975. Avevo sedici anni e mia madre aveva paura di me e per me. La cosa era iniziata un paio di anni prima, fu infatti quando ne avevo compiuti quattordici e mi erano venute le mestruazioni che aveva cominciato ad averne. La situazione era peggiorata all'età di quindici, quando mi era cresciuto il seno. Mia madre era sempre più angosciata e il suo terrore era andato via via aumentando, settimana dopo settimana, mese dopo mese. Aveva paura che iniziassi a fumare, bere, andare a letto con i ragazzi, rovinarmi e fare una brutta fine, così mi contagiava con i suoi timori, doveva esserci qualcosa in me che lei vedeva, una specie di predisposizione che mi rendeva particolarmente incline a rovinarmi e a fare una brutta fine, sì, mi sembrava di percepirla. Aveva paura che io cedessi alle tentazioni di gioventù, alle droghe fatali che venivano dagli Stati Uniti, aveva paura che ne diventassi dipendente, che andassi a letto con i ragazzi, rimanessi incinta e mi sputtanassi. Evidentemente fiutava in me la presenza di un abisso e faceva in modo che anch'io lo subodorassi. Mi sorvegliava con il suo sguardo vigile e sospettoso per scoprire i segni dell'inizio della fine e presto mi misi a farlo anch'io, imparando così ad analizzare me stessa con ansia. Stava alla finestra della cucina e mi cercava con lo sguardo quando tornavo da scuola, quando tornavo da casa di Unni o dall'allenamento. Mentre mi avvicinavo, la vedevo alla finestra e provavo un tuffo al cuore, il pensiero di entrare mi angosciava, ma non avevo altro posto dove andare che non fosse varcare quel cancello e quella porta, salire le scale fino al primo piano dove mi stava aspettando. Andavo dalle amiche, da Unni o da Helle, ma alla fine dovevo tornare sempre a casa e allora cominciava l'interrogatorio che era ancora più insistente quando ero stata da Unni o da Helle che all'allenamento, perché forse mentivo sul fatto di essere stata a casa loro, mentre in realtà ero stata da altre parti, con altre persone, con i ragazzi, come faceva lei a saperlo con certezza? C'era qualcosa che non le dicevo? Cosa? Cosa? Mi si avvicinava per sentire se puzzavo di fumo, se odoravo d'altro, mentre io sentivo l'odore del suo terrore, quel particolare odore che ha la paura e con quei suoi occhi disperati e vaganti temeva di cogliere in me quel qualcosa che la terrorizzava. Qualsiasi cosa dicessi era sbagliata, le creava dubbi e un'ansia maggiore, non si calmava, non si tranquillizzava, l'angoscia era troppo profonda, soffriva dell'inquietudine terribile dovuta alla paura e non era in grado di gestirla, ma neanche sopportarla, per cui si arrabbiava con chi destava in lei ciò che non tollerava, ma che non poteva eliminare, me. C'era in lei un che di selvaggio che non capivo, ma con cui dovevo rapportarmi, giorno dopo giorno, settimana dopo settimana, spiegare, difendermi e cercare di attutire il timore e la rabbia creati dalla paura che venivano scaricati su di me, ma non ci riuscivo, qualunque cosa dicessi era peggio: Tu non sai quanta sofferenza ho qui nel mio cuore! Il dolore che albergava nel cuore di mia madre fu il centro della mia vita da adolescente.

Elencavo le ragioni che aveva per non avere paura: ero brava a scuola, brava nell'atletica, non andavo alle feste nei fine settimana, trascorrevo un sabato dietro l'altro in camera, da sola o con Unni, qualche volta da Helle, cosa che a mia madre non piaceva perché Helle frequentava la classe superiore alla nostra ed era più vicina di noi di un anno alla possibile depravazione. Era una follia che non capivo, ma a cui evidentemente contribuivo solo per il fatto di esistere. Che stesse male e non fosse in sé era palese, si era abbandonata al suo disturbo, forse avrei potuto provare compassione per lei, e forse, nei meandri più bui della mia mente, la provavo in qualche forma, ma non potevo permettermi di sentirla né viverla perché ciò avrebbe richiesto un'energia che non avevo per affrontare faccia a faccia la persona da cui più di tutte dovevo proteggermi perché continuava a superare i miei limiti, probabilmente senza rendersene conto. Non sarei stata in grado di consolare la persona che mi accusava di essere la causa del suo dolore, che sosteneva e credeva che fosse il mio comportamento a causare la sua sofferenza e che quindi era ossessionata dal mio comportamento, dalle mie azioni, le più banali, e che cercava incessantemente i segni della presenza in me di qualcosa che avrebbe potuto spingermi a fare ciò che temeva. Non ero in grado di darle ciò di cui aveva bisogno per sincerarsi della mia innocenza, attuale e futura, quindi mi odiava e si scagliava contro di me, sembrava che volesse penetrarmi sotto la pelle e nella testa per leggere i miei pensieri e ottenere così una sorta di conoscenza di ciò che le causava quell'ansia che non era in grado di sopportare, ma poiché la cosa non era possibile, inventava una propria versione di me stessa. La sua paura mi inventava, perché la paura, l'invenzione e la scrittura sono strettamente collegate.

Mia madre non capiva che con la sua frenetica fissazione sulla mia nascente sessualità contribuiva a sessualizzarmi? O forse percepiva che io fossi già sessualizzata e ne sospettava il perché? Soltanto adesso, in ritardo, capisco che il suo sguardo su di me, la sua paura per ciò che avrei potuto compiere, mi diceva qualcosa di cruciale su me stessa che probabilmente avrei impiegato più tempo a scoprire se non fosse stato per lei, che innaffiava un seme già seminato, innaffiava ciò che era già accaduto, ciò che era passato, che era stato represso, ma al contempo sempre presente, che con la sua paura schiudeva la strada al raggiungimento di quella consapevolezza presente in me che avrebbe poi tanto temuto. Grazie, mamma.

Aveva motivo di essere ansiosa. Intuiva o sapeva di me e su cosa mi era successo più di me. In un certo senso era chiaroveggente, eppure era come se allo stesso tempo mi coniasse, mi inventasse, perché ciò che la spingeva non era tanto il giusto timore per ciò che avrei potuto autoinfliggermi, ma il pensiero di quale danno avrei potuto arrecarle indirettamente, il timore che potessi rivelare, involontariamente o intenzionalmente, che portavo una ferita di cui il mondo circostante avrebbe potuto incolparla di non averla impedita, di non aver saputo vegliare su di me in quanto madre come una madre dovrebbe fare con una figlia.

Anche il resto della famiglia, mio padre, mio fratello e le mie due sorelline erano stanchi dei nostri litigi, dei nostri scontri benché mia madre cercasse di contenersi quando loro erano a casa. Ecco perché mi auguravo sempre che fossero presenti quando tornavo e quindi facevo in modo di allungare la strada nella speranza che fossero arrivati, ma si trattava di un difficile gioco di equilibrio perché più tardi mi presentavo, più tempo aveva mia madre di inventarsi quello che avevo commesso mentre aspettava. Il che voleva dire che, anche se c'erano mio padre e i miei fratelli, era capace di avere un attacco isterico perché non controllava se stessa né ciò che la spingeva a comportarsi in quel modo. Tornando da scuola, camminavo tirandola per le lunghe nella speranza che non solo le mie sorelline, ma anche mio padre e mio fratello più grande fossero a casa al mio rientro perché, se lei cominciava, mio fratello usciva mentre mio padre gridava dal soggiorno: Lasciala in pace, e allora mia madre chiudeva la bocca e io me ne andavo in camera mia. Ma dopo un po' veniva a bussare, apriva la porta e, rimanendo sulla soglia, mi accusava di essere la causa di tutte le sue preoccupazioni prima di mettersi a piangere e chiedermi scusa, spiegandomi il suo dolore e regalandomi un gioiello se le promettevo di non bere alcolici, non fumare, non provare droghe, e io glielo promettevo e prendevo il gioiello, il braccialetto, la collana o l'anello in modo da poter starmene in pace, ma il giorno dopo accadeva la stessa cosa, scene isteriche, urla e litigi, e non capiva di stimolare proprio quello che voleva scongiurare, che la paura e le promesse che mi costringeva a farle accerchiavano e indicavano quanto desideravo in maniera oscura e vaga, quanto bramavo segretamente, senza saperlo avvertivo in me una voglia di sfidarla, di commettere un crimine ai suoi danni e nei confronti di quello che rappresentava, sentivo nascere in me una forma di coraggio e a poco a poco capii che sarei stata capace di compiere *qualsiasi cosa*, qualora se ne fosse presentata l'occasione, ma così non fu. Trascorrevo un sabato dopo l'altro rintanata in camera mia con Unni, suonando musica romantica. Se mia madre ci avesse riflettuto sopra, la mancanza di opportunità avrebbe dovuto rassicurarla.

Avevo compiuto sedici anni l'estate antecedente l'inizio delle superiori, già quell'autunno, e avrei frequentato la scuola insieme a studenti che provenivano da altre parti della città, allora chissà? Per tutta l'estate mia madre non aveva fatto altro che tormentarsi al pensiero dell'autunno, ne parlava incessantemente e con ansia crescente perché forse aveva intuito che non avevo più tanta paura come prima, che, a seguito dei suoi timori, avevo sviluppato dentro di me una sorta di indipendenza, una caparbietà causata dalla sua paura, avevo sviluppato un'autocomprensione che mi aveva spinta a giurare, a me stessa, che non mi sarei mai rinchiusa come lei nelle stesse paure. Mia madre temeva la mia crescente audacia, e probabilmente la invidiava pure, ma la combinazione di paura e invidia è esplosiva, come avrei avuto modo di sperimentare di lì a breve.

Per il momento era estate, c'erano le vacanze ed ero con la famiglia nella nostra casa al mare. Ne avevamo una perché mio padre era abile e intraprendente, voleva fare carriera nella vita e sperava che un giorno la famiglia, preferibilmente tra non molto, si sarebbe trasferita dal primo piano della zona piccoloborghese che si estendeva tra Tåsenveien e i condomini dove abitavano gli operai della chioderia in una casa indipendente con il giardino sull'altro lato della strada. Lavorava sodo e a lungo anche d'estate, ma ci raggiungeva nei fine settimana portandoci le vettovaglie, il vino per lui e mia madre, con la mamma che si agghindava di tutto punto, poi, piazzato su uno scoglio liscio con indosso il grembiule, papà si occupava della griglia. Il meglio era quando c'eravamo tutti, quando eravamo in sei, perché così potevo nascondermi tra di loro. Il peggio era essere da soli con la mamma, ma era brutto anche essere da soli con papà, non succedeva quasi mai, lo evitavamo, lo capisco ora, molto tempo dopo. Una volta che doveva portare giù alla barca i parabordi nuovi, chiamò mio fratello che non rispose, non c'era, così mia madre mi disse di farlo io, come se volesse mettermi alla prova. Me ne porse due, li presi. Dopo essersi girato, mio padre si avviò e io lo seguii mentre sentivo gli occhi di mia madre puntati sulla schiena. Camminammo nel silenzio più assoluto lungo il sentiero, attraverso la boscaglia, oltre uno spiazzo erboso e giù per il ghiaione fino al molo e, una volta appoggiati i parabordi accanto alla barca, corsi subito via con il cuore in gola, mentre provavo tanta pena per lui perché non riuscivo mai a dirgli niente. Quando tornò in città, ricademmo nel ritmo sonnolento dell'estate. Per tutta l'estate sognai a occhi aperti, mi lasciavo trasportare dai libri della «Selezione dal Reader's Digest» che c'erano in casa, drammatiche storie d'amore che appartenevano alla cosiddetta realtà e storie di persone che, sopravvissute a un naufragio, erano state costrette a trascorrere settimane su piccole barche in mezzo all'oceano o su isole disabitate senza acqua né cibo, stavano peggio di me, perché, come dicevano in un film svedese, *si deve sempre paragonare.* Per tutta l'estate mi svagai scrivendo lettere a Unni, inventavo, rendevo più divertente quella noiosa vita familiare al mare, affilavo le nostre battute, drammatizzavo le nostre piccole scene, mettevo in bocca ai miei fratelli repliche salaci, le scrivevo dicendo che non vedevo l'ora di iniziare le superiori e incontrare maschi nuovi, magari avere pure il ragazzo, sognavo la mia nuova vita al liceo plasmandola attraverso le pagine destinate a Unni. Non era pericoloso perché lei rispondeva solo con un semplice: Anch'io. Mia madre poteva leggere pure le sue lettere, avevo la sensazione che lo facesse quando scarpinavo per sei chilometri per andare al negozio. Se avessero contenuto qualcosa che avrebbe potuto farla arrabbiare o spaventare, le avrei gettate, in tal caso le avrebbe cercate senza trovarle e, capendo che le avevo buttate, si sarebbe domandata: perché? Cosa aveva scritto Unni di tanto sconvolgente da spingermi a sbarazzarmi delle sue lettere? Per fortuna Unni rispondeva solo con un Anch'io, forse perché sapeva com'era fatta mia madre.

Arrivò l'autunno e arrivò l'ansia, poiché l'ansia si era solo riposata, era solo caduta in una sorta di letargo estivo, ora eccola riemergere, perché mia madre mi aveva contagiato con la sua e ci era riuscita. La sentivo dilagare nel petto, però avvertivo anche quella veemenza che mia madre percepiva, temeva e invidiava, il desiderio e la volontà di esplodere, di farlo con forza, eppure temevo al tempo stesso questa veemenza, temevo ciò che poteva comportare, capivo che non dovevo mostrarla, non a mia madre, ma neanche agli altri, avrebbe spaventato chiunque, io stessa ero spaventata al pensiero di quanto sapevo albergasse dentro di me e per questo avevo paura dell'alcol che non avevo mai assaggiato, della droga che non avevo mai provato, dell'abisso verso cui mi sentivo attratta.

Iniziai le superiori insieme a giovani che provenivano da altre parti della città che mia madre non conosceva e questo non fece che rafforzare l'ansia, gli interrogatori, i litigi.

Alla scuola secondaria superiore Berg le coppie limonavano nel cortile durante l'intervallo. Facevamo finta di niente, ma continuavamo a guardarle, io continuavo a guardarle. Quando adesso, molto tempo dopo, rievoco con la mente quelle immagini, mi rendo conto di quanto fossero consapevoli del loro potere di fascinazione, probabilmente non sarebbero rimasti avvinghiati a baciarsi intervallo dopo intervallo se non fosse stato per il loro pubblico che li seguiva ammaliato. Mona della mia classe si era messa con Harald che andava in terza, lui non voleva usare il preservativo, così Mona doveva prendere la pillola per non rimanere incinta e la pillola andava assunta ogni giorno esattamente alla stessa ora e a mezzogiorno, durante l'ora di matematica, si sentiva il crepitare del blister mentre la premeva fuori. Harald viveva da solo in un monolocale a Majorstua e Mona, che dormiva spesso da lui, ne parlava senza problemi perché era una cosa naturale. Insomma, si spogliavano l'uno davanti all'altra nel monolocale di Harald, si accarezzavano e si toccavano parti innominabili del corpo, roba da non crederci, io non ci sarei mai riuscita e nella mia mente vedevo in dettaglio e al rallentatore ciò che non sarei mai riuscita a fare mentre mi tremava il cuore. Il pene di Harald che diventava duro alla vista di Mona nuda sdraiata su un letto, su un divano o sul pavimento, Harald che si stendeva sopra di lei, le infilava il pene turgido nella vagina e muoveva i fianchi avanti e indietro sui suoi mentre glielo spingeva dentro e fuori in maniera sempre più veloce e incontrollata fino a quando veniva. Quel movimento con le anche che avevo visto fare ai cani quando si accoppiavano e che costituiva il mio unico riferimento, a parte le riviste porno lasciate dai ragazzi nel bosco che studiavo a fondo quando ne avevo l'opportunità e che scatenavano nella ragazzina che ero una sorta di stato febbrile.

Harald veniva, Harald aveva l'orgasmo e poi si coricava su un fianco e, sdraiati a letto, sul divano o sul pavimento, parlavano di cose di tutti i giorni come i compiti, gli insegnanti e di quello che avrebbero mangiato per cena, prima di alzarsi, vestirsi e andare in centro oppure lavarsi i denti, andare a dormire, svegliarsi la mattina, fare colazione e recarsi a scuola come se niente fosse.

Non ci sarei mai riuscita. Non sapevo perché, eppure sapevo che non ci sarei riuscita, non ce l'avrei fatta, ecco perché lo desideravo così tanto.

Per le mie amiche era diverso, capivo, lo vedevo, non perché parlassimo di queste cose, io non parlavo, non rivelavo né con una parola né con la benché minima espressione del viso, credo, ciò che mi portavo dentro, che mi pesava, ma perché le studiavo di nascosto. Scrutavo i loro volti quando eravamo al cinema o guardavamo la televisione, scrutavo i loro movimenti nel cortile della scuola quando i ragazzi raccontavano barzellette volgari, scrutavo le loro parole e il tono di voce quando eravamo sole nell'appartamento di Unni nel condominio dietro il chiosco dove abitavano gli operai della chioderia, e soprattutto quando tirava fuori le riviste porno di suo padre e le sfogliava sul tavolo della cucina. Il sangue mi saliva alla testa, straboccava dentro di me la vergogna, mentre senza alcun imbarazzo Unni ed Helle leggevano ad alta voce le battute scurrili e strane contenute nei fumetti, ridacchiando di quegli organi sessuali turgidi, rossi, violacei, contornati da peli castani o completamente rasati, ed erano talmente assorbite da tutto questo da non accorgersi fortunatamente del mio stato d'animo. A casa mi aspettava mia madre.

Puntava il dito sul mio modo di parlare. Perché usavo quei vocaboli moderni? Per darmi un tono? A mo' di provocazione? Perché lo facevo e lo faccio? Per avvicinarmi a quella che ero.

Unni era stata via per il fine settimana con quelli della Framfylkingen e quel lunedì mattina si presentò a scuola con un'andatura nuova e un'aria misteriosa, ma che sembrava fosse sul punto di esplodere da un momento all'altro. Nella casa per le vacanze gestita dall'Organizzazione ricreativa laburista per i giovani, avevano bevuto birra senza farsi beccare e giocato a nascondino al buio e, quando si era rifugiata sotto un letto, ci aveva trovato un ragazzo. Avvolti dalle tenebre e dal silenzio si erano baciati con la lingua e il tipo le aveva infilato la mano nei pantaloni e le aveva strofinato la passera. Glielo aveva lasciato fare, era quello che voleva, disse annuendo quando glielo chiedemmo. Helle si lamentò del fatto che nella sua vita non succedeva mai niente, le sarebbe piaciuto tanto far parte della Framfylkingen se i suoi genitori glielo avessero permesso, mentre io non volevo neppure se mi fosse stato concesso. Dovevo però ammettere che c'era un che di liberatorio nel modo così banale e ordinario con cui Unni parlava della cosa, la maniera con cui si esprimeva, così diversa dallo strano linguaggio presente nelle riviste porno di suo padre. Avrebbe rivisto il tipo al prossimo incontro dell'Organizzazione, e la mattina successiva all'incontro Unni entrò nel cortile della scuola con quel suo nuovo modo di camminare leggermente sculettante perché lui l'aveva accompagnata fino all'autobus quando doveva tornare a casa e dietro la pensilina si erano baciati con la lingua e non solo, disse con un sorrisetto prima di abbassare lo sguardo, così capimmo che il tipo aveva fatto la stessa cosa dietro la pensilina dell'autobus come sotto il letto, e forse anche di più. La studiai di soppiatto, era diventata più bella e sicura di sé, si tolse lo zaino dalla spalla con noncuranza prima di gettare all'indietro i capelli biondi, di colpo molto più lucenti, e sedersi. Si chiamava Lars.

Novembre freddo e buio. Unni illuminava le mattine quando la sera prima era stata dietro la pensilina dell'autobus con Lars, non si impappinava più, non abbassava più lo sguardo di traverso quando raccontava, era padrona della situazione. Quel sabato Lars avrebbe organizzato una festa ed eravamo invitate, ma io avevo mia madre che mi riempiva il cuore e la testa, Unni lo sapeva e aveva preparato un piano. Quel lunedì avrebbe compiuto sedici anni, ma voleva festeggiare sabato, mia madre non poteva negarmi di partecipare al compleanno della mia migliore amica. E non lo fece, glielo chiesi quando c'erano anche mio padre e mio fratello, dovevo tornare per le undici.

Sabato 8 novembre, ero nervosa già dal mattino. Temendo che mia madre mi sgamasse con il suo sguardo penetrante e per paura di svelare involontariamente la bugia, dicendo o facendo qualcosa che mi avrebbe smascherato, decisi di uscire e stare fuori il più possibile per evitare che succedesse. Dopo essermi vestita con le mani che mi tremavano, appoggiai l'orecchio alla porta e, non sentendo nulla, l'aprii, poi, costringendomi a non correre come avrei voluto per non rivelare quanta fretta avessi, dichiarai ad alta voce rivolta verso la cucina che andavo al centro commerciale a comprare il regalo. Scesi le scale imponendomi di rimanere calma e con il cuore in gola uscii di casa e oltrepassai il cancello senza voltarmi per vedere se era alla finestra, ma, dal momento che avevo la sensazione di avere i suoi occhi puntati addosso, cercai di camminare il più possibile con noncuranza e come se non stessi progettando un crimine. Per far passare il tempo, feci un'altra strada e, una volta arrivata al centro commerciale, comprai in profumeria un rossetto madreperlato, lo feci impacchettare nella carta lucida rossa e il nastro dorato, poi vagabondai negli altri negozi in attesa del momento in cui sarebbe cominciato a scurire, cosa che avveniva già prima delle quattro. Alle quattro si fece buio e le tenebre mi protessero mentre tornavo a casa andando molto a rilento. Mia madre non poteva vedermi se evitavo i cerchi di luce che i lampioni proiettavano sulla strada. Quando ero ormai nei paraggi, feci in modo di evitarli e, nel momento in cui ero quasi arrivata, mi appoggiai alla recinzione dei vicini, mi abbassai e lanciai un'occhiata verso la finestra illuminata della cucina dove di tanto in tanto vedevo passare l'ombra di mia madre, che sbirciò fuori qualche volta cercandomi con lo sguardo, pensai, o forse cercava invece mio fratello. Superato il cancello, entrai e salii le scale. Quando sentì i miei passi, uscì in corridoio e mi scrutò sospettosa, ma a quel punto le mostrai il regalo come prova, dicendole cosa contenesse, non era una bugia. Da quando Unni è diventata così vanitosa?, chiese. E per chi dovrebbe truccarsi?, domandò, tentai di sorridere e ci riuscii, la mia reazione la spiazzò. Sorrisi di nuovo, sembrò funzionare, i suoi occhi si misero a vagare, entrai tranquilla in camera e mi richiusi la porta alle spalle. Rimasi in ascolto, percepivo nettamente la sua presenza dall'altra parte, anche lei se ne stava immobile come me accanto alla porta, con le orecchie tese. Mi misi a canticchiare, abbastanza forte perché potesse sentire, ma nel modo più credibile e innocente possibile di chi non aveva cattive intenzioni. Doveva avermi udito perché tornò in cucina, non lo sentii fisicamente, ma lo percepii.

Non mi preparai. Riposi nella borsa una bella camicetta, ci infilai anche il minimo per truccarmi in modo da lasciare la trousse in evidenza sulla scrivania a mo' di prova, mi baciai il dorso della mano con la lingua, mi pettinai mentre mi guardavo allo specchio, poi, dopo essermi inclinata lentamente in avanti e con le orecchie tese pronte a raccogliere eventuali rumori provenienti dal corridoio, appoggiai le labbra sul vetro e mossi la lingua sulla superficie fredda, era bello. Indossato il giaccone, mi misi la borsa sulla spalla e, arrivato il momento giusto, aprii la porta, mia madre uscì in corridoio e mi scrutò, ma cosa avrebbe potuto dire, mio padre era a casa, era seduto dietro di lei in cucina con il caffè e il giornale, ma seguiva la scena. Lei mi chiese comunque chi c'era e le risposi Helle, io e la cugina di Unni di Odalen, poi le sorrisi nuovamente, funzionò, non disse altro. Scesi le scale, uscii dal cancello e, diretta verso l'appartamento di Unni, attraversai il terreno dietro al chiosco, al freddo, nel buio e con le gambe che mi tremavano leggermente al pensiero che, se durante la serata a mia madre fosse venuto in mente di chiamare a casa di Unni, non le avrebbe risposto nessuno perché i suoi genitori erano a Odalen, come avrebbe reagito in tal caso? Mi tranquillizzai dicendomi che era improbabile, mio padre l'avrebbe bloccata, eppure avvertivo la paura e la paura di avere paura, perché l'ansia di mia madre si era ormai insediata per sempre dentro di me e mi avrebbe reso ansiosa come lei. Non potevo spiegare a Unni quanto tutto questo fosse così profondo e radicato nel mio subconscio, non lo capivo nemmeno io, lo capisco adesso, in una casetta nel bosco con quarantotto anni di ritardo, quanto era profondo, quanto lo è ancora. Unni non lo avrebbe capito perché non aveva visto mia madre in azione, mia madre che urlava isterica, in preda a una rabbia disperata, mentre martellava di colpi la porta della mia camera se riuscivo a sgusciare dentro in tempo, a chiuderla e ad appoggiarmici contro con tutto il peso. Unni credeva che la paura che provava mia madre nei miei confronti fosse paragonabile a quella che provava la maggior parte delle madri per le proprie figlie, la paura che venissero violentate e aggredite da estranei, mentre mia madre aveva paura di quello che io stessa avrei potuto fare, di mia iniziativa. Era qualcosa che non ero in grado di spiegare, neanche a me stessa, lo percepivo con forza, ma non avevo parole per descriverlo e, se le avessi avute, Unni non le avrebbe capite comunque perché le sue premesse erano radicalmente diverse dalle mie. Da sola attraverso le strade buie e fredde diretta verso il condominio dove abitava Unni dietro al chiosco in Maridalsveien l'8 novembre del 1975. Dopo essere entrata, salii al secondo piano dove vidi sullo zerbino le scarpe di Helle, appoggiai l'orecchio alla porta e sentii le risate che provenivano dall'interno, la sorella di Unni ci aveva comprato della birra. Era stato divertente bere di nascosto durante il fine settimana con quelli della Framfylkingen, ora stavano facendo lo stesso, e provai un tuffo al cuore al pensiero di non poter essere leggera e spensierata come loro. Suonai, mi aprirono, lottai per nascondere il fardello che mi portavo addosso perché non volevo trasmetterglielo, adesso che si stavano divertendo e bevevano come se fosse una cosa semplice e facile. Quando Unni mi porse una birra, vidi davanti a me il volto di mia madre distorto dalla paura e dalla rabbia, tuttavia, o proprio per questo, mi portai la bottiglia alle labbra per sfidarla e bevvi avidamente, bevvi in maniera selvaggia mentre avvertivo un calore lenitivo e liberatorio diffondersi in tutta me stessa, così bevvi ancora, rendendomi conto di come la birra mi facesse sentire come avrei dovuto sentirmi senza, mi placava il battito del cuore in gola, mi permetteva di ridere anche se percepivo che avrebbe potuto anche farmi singhiozzare, ma soprattutto mi proiettava in un luogo dove veniva impedito alla paura di impaurirmi. Prendemmo l'autobus che ci avrebbe portato in una parte della città che non avevamo mai visto, camminammo per strade sconosciute e mi riprese l'angoscia per tutto ciò che non ero in grado di padroneggiare. Ma anche Helle e Unni erano diventate più silenziose perché gli stati d'animo sono contagiosi e chi sente con maggiore intensità contagia di più, e io ero quella che sentiva di più. Aveva nevicato mentre bevevamo, neve bianca che si era depositata a terra e rendeva tutto più morbido di prima, e più luminoso, e tutti i suoni parevano più nitidi perché la neve guida e incanala il suono come fa l'acqua. Mentre ci avvicinavamo, sentimmo della musica e la seguimmo, ma, una volta arrivate, esitammo, esitammo sulle scale della villetta a schiera, poi Unni si decise a suonare e, dopo quella che sembrò un'eternità, ci venne ad aprire Lars, quello con cui si appartava dietro alla pensilina dell'autobus, non osai incrociare il suo sguardo perché era quella la scena che immaginavo quando me lo vidi davanti. Abbracciò Unni come se fosse la cosa più naturale del mondo, salutò me ed Helle, ma non ci strinse la mano, ci precedette in soggiorno dove c'erano molte persone in piedi e molte altre sedute sui divanetti disposti intorno a un tavolino pieno di birre e con un posacenere, erano perlopiù i ragazzi a fumare. Il fumo, che aleggiava denso sopra il tavolino, fluttuò verso di me impregnandomi molto probabilmente con il suo odore i vestiti e i capelli. Ecco che in quel momento riapparve l'immagine di mia madre, quella del mio rientro a casa, e volevo dimenticare mia madre e il ritorno a casa, così presi la bottiglia di birra che mi stava porgendo Lars. Molti erano della Framfylkingen, uno si chiamava Stein, uno Finn, ci salutammo, ma non con la mano, rimasi vicino a Unni e a quelli che conosceva. Bevevo veloce, avevo una sete terribile, aiutava contro la puzza di fumo. Lars mise della musica e trascinò Unni al centro della stanza, molti ballavano con in mano le bottiglie di birra e le sigarette, quello che si chiamava Stein chiese a Helle di ballare, lei posò la bottiglia e lo seguì, io finii la birra, ne aprii un'altra e mi aggrappai a essa. Quello che si chiamava Finn mi chiese se volevo ballare, era molto ubriaco. Annuii, era bello che fosse ubriaco, che i suoi occhi avessero un'aria così vacua, che non potesse vedermi chiaramente. Ballammo e, quando perdeva l'equilibrio, lo aiutavo, lo tenevo stretto in modo che non cadesse per terra, era bello avere un compito. Quando la musica si fece più lenta, mi attirò a sé, ballammo stretti l'uno all'altra e mi baciò con la lingua e io risposi al bacio, non era difficile, mi ero esercitata. Dopo un po' mi trascinò verso il divano, mi tirò giù in modo che mi sedessi accanto a lui, poi mi mise il braccio sulle spalle prima di ricominciare a baciarmi senza sosta e mi dimenticai di mia madre fino a quando arrivarono le dieci e fui costretta a ricordarmene. Nessuna di noi voleva andare via, ma avevamo fatto un patto e per fortuna mi seguirono quando ripercorremmo lo stesso tragitto dell'andata fino alla fermata con la neve che cadeva fitta, rendendo il mondo irreale. L'autobus arrivò con i fari accesi, salimmo in silenzio provando un grande senso di solennità, mentre le luci della corriera tingevano di giallo i grandi fiocchi di neve che cadevano lentamente, trasformandoli in tanti coriandoli scintillanti come in un film al rallentatore. Quando scendemmo, si fece di colpo più scuro e ognuna proseguì per la propria strada, io da mia madre che forse aveva chiamato Unni e non aveva ricevuto risposta, la paura era tornata. Le avrei detto che avevamo cantato così forte le canzoni di compleanno che non avevamo sentito squillare il telefono, se puzzavo di fumo era perché i genitori di Unni fumavano. Alle undici meno dieci, in tempo, superai il cancello, entrai dalla porta principale e salii le scale dove in cima mi aspettava mia madre, che mi annusò, ma avevo masticato una gomma e mangiato delle caramelline e, dal momento che era sabato, avevano bevuto vino e voleva guardare l'ultima parte del giallo alla TV, così mi lasciò andare in camera mia. Mi misi a letto e ripetei tra me e me quello che lui mi aveva detto quando aveva capito che dovevo andare. Non andare!, ripetei, cullandomi dentro quella frase. Non andare! Custodivo dentro di me quelle parole e i baci come un segreto corroborante, che mi avrebbe dato forza. Era sicuramente un metodo.

La mattina successiva, mentre all'esterno era ancora mezzo buio, mentre i miei genitori e i miei fratelli erano ancora seduti in cucina a fare colazione, gridai che sarei andata a Ullevålseter con Unni, poi corsi fuori nell'aria fresca che profumava di neve, l'odore secco delle gocce d'acqua congelate e dei cristalli di ghiaccio, corsi attraverso il terreno fino al condominio di Unni dietro al chiosco e, dato che i suoi genitori erano a Odalen, rivivemmo il giorno precedente, sedute sul suo letto. Si chiamava Finn Lykke, aveva già una certa esperienza e il motorino, ma, visto che a breve avrebbe compiuto diciotto anni, poteva prendere la patente.

Andammo fino al rifugio di Ullevålseter senza seguire i soliti sentieri, ma percorrendo quelli non illuminati, come se fosse cominciata una nuova era, che avremmo affrontato con reverenza e cariche di aspettative.

Ma abbastanza presto, già il lunedì mattina, le mie trasgressioni del sabato, bere birra e baciare con la lingua, mi si presentarono sotto una luce diversa, in parte sconvolgente, con quanta facilità mi ero lasciata irretire, con quanta facilità avevo infranto i comandamenti, sentii di nuovo la paura, che mia madre era riuscita a inculcarmi, di finire preda della depravazione, paura perché non ero stata abbastanza timorosa nel momento del pericolo, cosa sarebbe successo la volta dopo, droga e morte improvvisa?

Giovedì, Unni disse che anche quel sabato ci sarebbe stata una festa nella parte sconosciuta della città. Quello che nella notte tra sabato e domenica avevo considerato un segreto corroborante e un metodo, ma che, quando mi ero svegliata il lunedì mattina, si era trasformato in qualcosa il cui solo pensiero mi faceva star male, si era fortunatamente sbiadito nei giorni successivi, il sabato precedente sembrava irreale. Tuttavia, il vago ricordo di quanto successo risultava più allarmante che stimolante, per cui non provavo né voglia né eccitazione all'idea di andare di nuovo a una festa in quella parte sconosciuta della città. Non espressi la mia ambivalenza, perché mi rendevo conto che Helle e Unni la vivevano diversamente, che non vedevano l'ora, erano felici.

Sulla strada di casa, dopo esserci congedate da Helle in Blåsbortveien, capii che Unni credeva che la mia mancanza di entusiasmo per la festa di sabato avesse a che fare con mia madre. E sicuramente era così, ma riguardava anche quello che avevo provato bevendo birra, l'effetto che l'alcol aveva avuto su di me il sabato prima. Il fatto che mi facesse dimenticare mia madre era bello, il fatto che mi facesse librare permettendomi di raggiungere vette più alte rispetto a quanto accadesse alle mie amiche era bello, ma insieme a questo librarsi avevo sentito risvegliarsi in me qualcosa di incontrollabile, un desiderio di infrangere i limiti, la sensazione che nel mio corpo albergassero bombe inesplose che avrebbero potuto detonare se avessi bevuto abbastanza, e se avessi avuto una sete molto intensa, una brama intensa di bere a tal punto da farle deflagrare.

Era inspiegabile, non dissi nulla. Unni mi suggerì di raccontare a mia madre che sabato dovevamo lavorare alla tesina che ci avevano dato a scuola, annuii pensosa. Poi, dopo che ci eravamo salutate, crebbero comunque in me, ora dopo ora, minuto dopo minuto, le parole di Finn Lykke, Non andare, e i baci con la lingua, mi baciai sul dorso della mano e sullo specchio e, mentre sabato mattina stavamo facendo colazione e tutta la famiglia era riunita, dissi che quella sera avevo intenzione di lavorare a casa di Helle con Helle e Unni alla tesina che ci avevano dato a scuola. Mia madre chiese subito se non potevamo farlo da noi, in camera mia, ma era meglio da Helle, le risposi, che non aveva fratelli e nel seminterrato aveva un soggiorno di cui potevamo disporre, e mia madre guardò mio padre, che capiva benissimo la praticità di avere un soggiorno tutto per noi, commentò, e fui felice, che in un certo senso mi appoggiasse, che sembrasse comprendere che trovavo mia madre noiosa e ansiosa. Ma allo stesso tempo ebbi la sensazione che lui volesse che la sera me ne stessi fuori perché probabilmente in casa l'atmosfera era più tranquilla quando non era presente l'elemento che angustiava mia madre. Anche se al suo ritorno poteva scatenarsi il putiferio.

Dovevo rientrare per le undici.

Alcune ore più tardi, aperta di colpo la porta della mia camera, mia madre rimase sulla soglia con gli occhi che vagavano ovunque. Dopo aver appoggiato sulle ginocchia il libro con cui camuffavo la mia inquietudine, alzai lo sguardo verso di lei con aria interrogativa. Mi domandò perché dovessimo lavorare alla tesina proprio quella sera, perché non adesso, in mattinata, le tremava leggermente la voce. Ero preparata, sempre pronta, così le dissi che Helle era impegnata in un torneo di pallamano e che dipendevamo da lei perché l'anno prima aveva scritto una tesina sulla Comunità Europea e che quest'anno ne avrebbe scritta una sul referendum che si era tenuto in Norvegia per l'ingresso o meno nella CE. Mia madre chiuse la bocca, ma non la porta, ora era più pallida. Tu, Helle e Unni? Annuii in silenzio. Nessun altro? No. Nessun ragazzo? No. Fece un passo nella stanza, un po' incerta, perché ero cresciuta ed ero diventata più naturale e sicura di me stessa, eppure non seppe resistere, ciò che si agitava dentro di lei la stava dilaniando, andava tranquillizzata e sperava che potesse accadere in quel modo, studiandomi attentamente alla ricerca di qualsiasi indizio, ma non ne trovò. Sospettava, e a ragione, ma all'epoca non lo sapevo neppure io, anche se avevo intuito che dentro di me non tutto andava come doveva, che nel più profondo del mio io viveva qualcosa che agiva dentro di me e, se anche fosse stato vero, cosa? Cercava segni di ciò che sospettava e temeva, pazza di speranza di non trovarne, per calmarsi, e non ne trovò, eppure non si calmò perché non sapeva che aspetto avrebbe dovuto avere un segno simile. Avrebbe voluto eliminare il sospetto logorante e che le turbava l'esistenza su quello che mi era successo ottenendo prove certe che il sospetto non fosse giustificato ma, non essendo possibile, cercava invece di prevenire le eventuali conseguenze di ciò che sospettava e temeva, ma di cui non voleva sapere, spinta dalla strana convinzione che lo si potesse fare in quella maniera disperata, costringendomi, spingendomi ad apparire e comportarmi come una giovane normale e sana. E non capiva che con quel suo atteggiamento isterico e la sua ansia accerchiava e indicava proprio ciò di cui non voleva sapere.

O magari voleva rendermi nervosa e inquieta come lei, forse inconsciamente, per condividere il destino con qualcuno, per non doverlo portare da sola. Oppure voleva rendermi la vita più difficile e scomoda possibile, essere invadente, sospettosa e sgradevole a tal punto da sfinirmi fino a costringermi a gettare la spugna e dirle che sarei rimasta a casa solo per farla smettere e affinché se ne andasse, mentre in realtà era proprio il contrario, non vedevo l'ora di uscire di casa il più in fretta possibile per raggiungere quella parte sconosciuta della città dove avrei potuto dimenticarla per qualche ora, come la volta precedente. Mi fissò intensamente, la fissai a mia volta, cercò di fissarmi con più forza, ma il mio sguardo si fece ancora più deciso del suo perché avevo qualcosa di duro dentro di me che a lei mancava e che con il suo comportamento non faceva altro che rafforzare, lo percepì, la sua paura aumentò e i suoi occhi si staccarono dai miei per spostarsi sulle mie cose, il libro che tenevo sulle ginocchia, i vestiti sulla sedia, gli oggetti sulla scrivania. Le dissi che dovevo correre prima di andare via, mi alzai ed ero più alta di lei, lasciò la stanza camminando a ritroso e io chiusi la porta, mi cambiai e schizzai fuori, poi feci alcuni giri di corsa intorno al terreno e correndo mi liberai di tutto quanto, e sempre correndo tornai a casa e mi infilai sotto la doccia, anche se non dovevo starci troppo a lungo perché mia madre seguiva quello che stavo facendo, forse controllava il tempo con il cuore che le batteva all'impazzata, intrappolata nel suo stato e priva di volontà, probabilmente la viveva in quel modo, nessuno con cui parlare, così sola con la sua ansia che mi aveva trasmesso. Dopo aver indossato abiti normali, misi i trucchi e la camicetta di seta nella borsa e rimasi in ascolto accanto alla porta per capire quando sarebbe stato il momento giusto. Sentii mia madre spostarsi dalla cucina al soggiorno e viceversa, fermarsi davanti alla mia porta, ma allontanarsi nuovamente, cosa avrebbe potuto dire? Quando la sentii andare in bagno e chiudere la porta, aprii la mia, sgusciai fuori e scesi, soltanto quando mi trovai nell'atrio, gridai rivolta verso l'alto: Ciao!

Ero in anticipo. Il buio mi aiutò a sopportare il trascorrere del tempo. Mi nascosi nell'oscurità e, rifuggendo i cerchi di luce gialla dei lampioni, mi resi invisibile cercando riparo sotto i rami spogli e divaricati delle grandi betulle, mi avvicinai a quei tronchi spessi e ruvidi e, dopo essermi appoggiata, li abbracciai e mi sembrò che parlassero e sussurrassero: Dalla terra sei venuta e terra hai nel corpo, e sentivo la presenza della terra nelle gambe tanto erano pesanti e la sentivo nel bassoventre tanto era pesante, pulsante. Baciai il tronco, sapeva di Finn di una settimana prima, era solo più calmo. E io volevo essere calma come il tronco per poter percepire tutto al meglio, cosa fosse e che effetto avesse su di me, compiere con calma quello che di solito facevo troppo velocemente perché ero ansiosa come mia madre, perché mia madre mi braccava. Ma al pensiero di mia madre il cuore si mise a battere più veloce, più forte e mi allontanai dalle betulle e mi spostai sul terreno avvolto nelle tenebre in modo da allungare la strada e arrivare a casa di Helle da dietro, dopo un po' vidi la sua finestra, era illuminata, come se fosse carica di aspettative, ma il suo cuore era calmo? Non passai dal cancello, ma scavalcai la recinzione e mi appostai dietro al garage perché avevo visto Unni in fondo alla strada e volevo vedere che aspetto avesse quando non era con noi, se era diversa, se somigliava a me. Con la guancia premuta contro la parete di legno vidi la sagoma scura avvicinarsi, raggiungere il cancello, glielo vidi aprire con mani tranquille, ma il suo cuore era calmo o batteva inquieto come il mio? No. Il viso bianco brillava di suo, riluceva da dentro. Cosa aveva lei che io non avevo, cosa sapeva che io non sapevo, cosa aveva capito che io non avevo capito, cosa aveva imparato che io non avevo imparato su come stare nel mondo, nella vita, cosa padroneggiava che io non padroneggiavo, l'avrei mai appreso, ce l'avrei mai fatta?

La osservai scoraggiata mentre suonava il campanello e la facevano entrare, sarei sempre stata esclusa da ciò che era naturale, facile? Respirando profondamente, contai fino a cento prima di avvicinarmi, salire le scale, suonare e un attimo dopo, aperta la porta con il viso rosso d'eccitazione, Helle mormorò che aveva della birra in cantina, sarebbe andata a prenderla quando i suoi genitori fossero usciti per andare a giocare a bridge. Non appena la madre aveva salutato e la macchina aveva varcato il cancello, Helle corse giù in cantina e ritornò con la birra gelata che bevemmo mentre ci truccavamo, Unni ed Helle apparentemente senza paura, io in ansia e sorseggiandola molto, molto lentamente, Helle e Unni apparentemente a proprio agio e tutt'uno con la situazione, io fuori, come se vedessi ogni cosa dall'esterno e con lo sguardo angosciato di mia madre, sorsi piccoli piccoli perché la prima volta che avevo bevuto, il sabato prima, avevo notato quello che probabilmente mia madre intuiva e temeva, che l'alcol mi permetteva di raggiungere vette più elevate di quanto non facesse con le mie amiche, o che il mio bisogno di librarmi era particolarmente grande, avvertiva di sicuro che avevo un desiderio o un bisogno di entrare in uno stato diverso, di scomparire, di diventare un'altra, ed era quello che volevo e temevo allo stesso tempo. Sorsi piccoli piccoli mentre Helle e Unni, che bevevano veloci, diventavano allegre, ridanciane, più se stesse e più divertenti. Bevevo in preda all'ansia e a sorsi piccoli piccoli perché la birra non mi facesse sentire come avrei dovuto sentirmi senza birra, come l'ultima volta, come il sabato prima, perché capivo che, senza l'ansia, diventavo come estranea a me stessa, la paura teneva in scacco la mia furia, l'intensità e la violenza delle mie emozioni. E forse era così anche per mia madre, pensai dopo aver bevuto la birra, anche se a sorsi piccoli piccoli, che la sua ansia, la sua grande paura per me, per ciò che avrei potuto compiere di mia iniziativa, teneva a bada le sue emozioni più vere e profonde, che era una forma di sublimazione, un modo per frenare e ammansire la sua stessa furia, l'enorme rabbia che provava verso l'impossibilità della sua vita, le opportunità perse in gioventù, il talento di cantante lirica, forse l'infanzia? Queste cose che pensavo in quel momento dopo aver bevuto la birra a sorsi piccoli piccoli, ciò che ora credevo di capire, non me lo dovevo scordare, mi esortavo da sola a non berne così tanta, seppur a sorsi piccoli piccoli, perché non dovevo dimenticare quella comprensione improvvisa, quella conoscenza tanto illuminante. D'altra parte, forse l'avevo appresa proprio perché avevo bevuto birra. Brindai con Helle e Unni, feci tintinnare la mia bottiglia contro le loro e bevvi sorsi un po' più grandi in onore della conoscenza appena acquisita e perché l'ansia cominciava a scemare ed era qualcosa di liberatorio. Dopo aver bevuto di più e a sorsi più grandi, mi venne in mente che, trasferendo la sua ansia su di me, riversandomela addosso, mia madre sfogava in maniera consapevole o meno la propria amarezza per le opportunità perdute in gioventù impedendomi di vivere le mie, forse inconsciamente non mi augurava e non mi permetteva di godere di condizioni migliori di quelle che aveva avuto lei? Notava sicuramente quale direzione stava prendendo lo sviluppo della società, come lo spirito del tempo stava mutando, permettendo così alle giovani donne della generazione successiva alla sua, la mia, di avere probabilmente molte più opportunità di indipendenza e realizzazione di quanto lei avesse avuto, e lo trovava ingiusto? Erano quelle le cose su cui meditavo un sabato di novembre mentre Helle e Unni si passavano lo smalto sulle unghie, perché cercavo di capire sia mia madre che me stessa, ma in seguito, quello stesso mese, sarebbero accaduti eventi che mi avrebbero richiesto di rivalutare totalmente ciò che stavo pensando quel sabato, mentre avrei acquisito una conoscenza sicura della mia reale situazione di allora soltanto sedici anni dopo, anche se il seme di una consapevolezza più profonda era stato piantato e la porta della cripta si era socchiusa quell'unica volta nella vita, quando era novembre e avevo sedici anni.

Novembre, buio e freddo fuori quando uscimmo dalla grande casa di Helle e ormai la birra mi faceva sentire come avrei dovuto sentirmi senza birra, mia madre aveva mollato la presa, così ridevo con Helle e Unni sull'autobus mentre assaggiavo i liquori e i superalcolici contenuti nelle bottigliette mignon che davano in aereo e che Helle aveva rubato ai genitori perché ne avevano così tante in cantina che non si sarebbero mai accorti se ne mancava qualcuna. La neve cadeva scintillante, la luna era piena e nel cielo fluttuavano nuvole violette, così leggere, diafane, mentre nelle mie vene il sangue scorreva caldo e uniforme. Helle era ansiosa di scoprire se ci sarebbe stato Stein, Unni sapeva che c'era Lars, io non dissi nulla su Finn. Perché sotto una luna così tonda, gialla e luminosa che si stagliava su un cielo splendente come se fosse di madreperla, con quel calore così piacevole che sentivo nel corpo, non mi importava nulla di Finn, volevo solo che lo stato in cui si trovavano il mio corpo e la mia mente durasse all'infinito. Helle e Unni si fecero più serie man mano che ci avvicinavamo all'indirizzo, una piccola casa a schiera da cui proveniva della musica a tutto volume, e anche io divenni seria, di colpo, perché non avevamo più niente da bere e la cosa mi tormentava. Unni suonò il campanello, ma nessuno venne ad aprire, probabilmente perché la musica era così alta che non avevano sentito, così l'aprimmo ed entrammo in un ingresso pieno di scarponcini bagnati e giacche, ci spogliammo e mi sentii stranamente nuda. Unni proseguì in ricognizione e trovò Lars, Stein batté con il dito sulla spalla di Helle chiedendole di ballare, io mi diressi verso quella che pensavo fosse la cucina dove fortunatamente non c'era nessuno, aprii il frigorifero che grazie a Dio era pieno di birra e mi sentii salva. Ne presi una, la stappai facendo leva sulla serratura della porta e bevvi, mi aggrappai alla bottiglia, bevvi di nuovo, mi chinai verso la soglia sperando intensamente che comparisse Finn Lykke. Arrivò, entrò dalla porta principale insieme ad altri con i fiocchi di neve che scintillavano tra i capelli, avevo occhi solo per lui. Si tolse il giaccone e lo lanciò sul mucchio degli altri, poi scrutò la stanza come se cercasse qualcuno, mi vide e venne barcollando verso di me, era molto ubriaco. Era bello che i suoi occhi fossero lucidi, che i suoi occhi avessero un'espressione vacua, che non potesse vedermi bene perché così non mi sentivo osservata, mi sentivo più libera che se fosse stato sobrio, mi nascosi nel suo stato di ebbrezza e nella musica alta che ci impediva di parlare. Voleva limonare e pomiciai con lui, volevo fare tutto quello che voleva, non c'erano no nella mia bocca, nel mio corpo, ballammo e ci baciammo fino a quando non dovetti andarmene, per prendere l'autobus, e per fortuna Helle e Unni accettarono di venire via con me, ci fermammo tutti nell'ingresso e a mo' di congedo continuammo a baciare quelli che forse erano i nostri ragazzi, finché non dovemmo correre via per riuscire a prendere l'autobus. Non andare, mi disse Finn. Non andare, mi gridò mentre mi allontanavo, ma dovevo perché mia madre era tornata, mi angosciava il pensiero di vederla, la paura mi assalì.

Speravo che avessero bevuto del vino, perché era sabato e in TV c'erano i consueti programmi d'intrattenimento del sabato, pregavo Dio e incrociavo le dita per il vino e i programmi del sabato mentre masticavo una gomma e mangiavo caramelline. Anche Unni ed Helle stavano masticando una gomma, ma non stavano come me, me ne resi conto molto più nitidamente di prima, con improvvisa chiarezza. Salimmo e scendemmo insieme dall'autobus, poi camminammo insieme per un breve tratto, eppure non eravamo insieme, perché non avevamo condiviso la stessa esperienza, loro avevano vissuto qualcosa di diverso da me, o viceversa. Le nostre strade si separarono all'incrocio con Blåsbortveien e percorsi da sola l'ultimo pezzo che mi avrebbe condotto alla casa dove abitavo al primo piano, vidi che la finestra della cucina era illuminata, che mia madre stava guardando fuori. Avvertii una nausea crescente, se avessi vomitato, avrebbe capito che avevo bevuto, cosa dovevo fare? Mi impuntai con me stessa, costringendomi a respirare lentamente, a inspirare ed espirare profondamente, aprii la porta e salii le scale in cima alle quali mi aspettava, mi chiese con voce stridula dove ero stata. Le risposi sforzandomi di rimanere calma che lo sapeva già, glielo avevo detto, che ero da Helle con Unni per lavorare alla tesina sulla Comunità Europea, una questione molto complicata. Là potevo usare contro di lei, l'avevo capito dal modo in cui reagiva ogni volta che la menzionavo, quanto diventasse insicura, e non dava neppure l'impressione di aver telefonato, del resto non avrebbe osato chiamare i genitori di Helle perché non li conosceva e li rispettava perché mio padre li rispettava, perché vivevano in una villa tutta loro dall'altra parte di Tåsenveien e perché il padre lavorava alla Radiotelevisione norvegese e la madre era insegnante, per cui, se per caso avesse osato sollevare la cornetta per telefonare, mio padre l'avrebbe sentita e l'avrebbe fermata, perché trovava sgradevole il suo nervosismo, avevo notato, avevo visto quanto fosse a disagio quando mia madre perdeva il controllo, soprattutto in presenza di altri, e mia madre notava il disagio di mio padre e si vergognava del proprio nervosismo perché capiva che non era normale e intuiva che indicasse qualcosa di cui lei non voleva sapere nulla, che nessuno doveva sapere, quindi lo mostrava quasi unicamente a me. Quando capii che non aveva chiamato, mi sentii sollevata, ma volevo andare in camera mia per essere da sola e poter elaborare quello che era successo, ma lei mi bloccò la strada e si mise a toccarmi i vestiti e annusare me, i miei capelli, il mio respiro mentre cercavo di divincolarmi e le dicevo che non aveva motivo di essere sospettosa, che non erano ancora le undici e io ero a casa viva e vegeta come concordato, ma lei continuò imperterrita. C'erano altri da Helle, c'erano dei ragazzi da Helle, lo chiese con voce così alta da svegliare mia sorella che cominciò a piangere, e fu un bene perché mia madre dovette andare da lei, mentre mio padre urlava dal soggiorno, Lasciala in pace, sgusciai in camera mia e avrei chiuso la porta a chiave se ne avessi avuta una. Mi coricai con il cuore che batteva all'impazzata, incapace di dormire e di portare dentro di me tutto quel baciarsi, come l'ultima volta ogni cosa era distrutta.

Finn Lykke mi chiamò mercoledì. Erano le tre e un quarto, per fortuna mia madre non c'era, per fortuna risposi io al telefono, disse il suo nome e chiese di parlare con me, quel nome duro. Gli dissi che ero io, mi chiese come stavo, gli risposi che stavo bene, mi chiese se conoscevo Bjørn Paulsen. Non lo conoscevo. Frequenta la Berg, disse, ma io non conoscevo nessun Bjørn Paulsen. Mi chiese se conoscevo bene Unni, gli dissi che era la mia migliore amica, mi chiese se poteva passare da me. Passo da te? Aveva il motorino e poteva raggiungermi, aveva l'indirizzo. Sentii di nuovo la terra nelle gambe, la terra che pesava nel bassoventre, ma grazie a Dio ero da sola nell'ingresso dove, sul comò, c'era il telefono, quindi potevo vedermi riflessa nello specchio appeso sopra, vedere che sul viso mi erano comparse delle macchie rosse. Avevo paura che giù al pianterreno si aprisse la porta, che mia madre entrasse, salisse e scoprisse che avevo delle macchie rosse sul viso, volevo gestire quella situazione mentre ero da sola e rispondere con coraggio mostrando chi ero. Sì, dissi, e dall'altra parte ci fu silenzio, mi sorse il terribile pensiero che sperasse che dicessi di no, che purtroppo non andava bene, che in realtà non voleva passare da me, solo essere coraggioso, come me, chiedere come fa un uomo. Dopo quello che mi sembrò molto tempo, disse che sarebbe passato alle sei, andava bene? Sì, risposi, con le orecchie puntate verso l'ingresso sottostante, andava benissimo, ma gli proposi di incontrarci vicino alla chiesa, che era più facile da trovare rispetto a casa nostra, Nessun problema, disse, ci vediamo lì. Mercoledì 19 novembre anno 1975, alle sei.

Andai in camera mia e cercai di lavorare alla tesina, sentii mia madre rientrare insieme alle mie sorelline, attraversare l'ingresso sottostante, salire le scale e avvicinarsi alla mia stanza, aprì la porta, ma mi trovò seduta alla scrivania. Mi guardò, ci guardammo, non sapeva cosa dire, richiuse la porta, con una certa esitazione, andò in cucina, o almeno così sembrò. Sentii arrivare mio fratello maggiore, sentii arrivare mio padre, prima l'auto, poi i passi pesanti sui gradini, la voce. Poco dopo mia madre gridò che era pronto, così entrai in cucina e mi sedetti al mio posto, polpette di pesce con la besciamella e patate bollite guarnite con un ciuffetto di prezzemolo, non lo dimenticherò mai. Succedeva per davvero, è strano ripensarci, è incredibile che questa famiglia si riunisse quasi quotidianamente intorno a un tavolo per cenare insieme, da non crederci, eppure era così, e la cosa più singolare di tutte è che in un certo senso fosse scontato, benché fosse ovviamente un che di forzato, mi rifiuto di credere di essere stata l'unica che si sentiva a disagio seduta su quella sedia, ma non c'erano altre alternative e comunque non se ne poteva parlare, ovvio anche quello.

Dopo le polpette di pesce tornai in camera per uscirne poco dopo, dissi a mia madre che dovevo andare a prendere un libro da Helle che mi serviva per la tesina sulla Comunità Europea, di cui mio padre era sostenitore, non sarei rimasta via a lungo. Mia madre guardò mio padre che stava guardando il giornale, aveva disdetto l'abbonamento all'«Arbeiderbladet», ora eravamo invece abbonati a quello conservatore, l'«Aftenposten», mia madre annuì in silenzio, scesi di corsa le scale e uscii.

Salii relativamente tranquilla fino alla chiesa, erano le cinque e un quarto, volevo riordinare le idee in un modo che non potevo fare a casa, dove l'aria vibrava sempre di così tante cose non dette, dove regnava il silenzio su tante nefandezze, penso adesso, quando conosco il destino di quella ragazza infelice.

La chiesa e la sala parrocchiale si trovavano su un'altura visibile da tutte le case limitrofe e da lontano. Conoscevo gli edifici e l'area circostante, i prati, le aiuole, i cespugli ornamentali e gli alberi meglio delle mie tasche tanto ci avevo giocato, tanto spesso avevo cercato rifugio in chiesa per sfuggire alla mia inquietudine, per essere avvolta dalla severità, dalla gioia o da un dolore che non fosse mio, per sentire il mio, per riempirmi di musica.

Ora vi salivo in modo nuovo. Non si trattava di una ripetizione, perché anche ciò che si ripeterà, forse molte volte, deve accadere una prima volta. Grosse lampade illuminavano l'ingresso principale e la grande porta di legno con i chiodi in ottone, per il resto era buio, la sala parrocchiale e il campanile erano avvolti dall'oscurità. Mi arrampicai sul muretto che li separava e rimasi lì seduta, nascosta dalle tenebre, da lì ero in grado di controllare le strade che portano fin lassù, una volta visto il motorino, avrei avuto il tempo sufficiente per saltare giù e piazzarmi accanto al portone della chiesa come se fossi appena arrivata.

Era una sera bellissima. Lo spicchio dorato della luna pendeva nel cielo scuro, le stelle che le brillavano intorno erano così numerose che avevo smesso di contarle. Non faceva particolarmente freddo, respiravo leggera senza sforzarmi, avveniva da sé con un ritmo regolare, riflettei su quello a cui avevo pensato mentre stavo andando da Helle alcuni giorni prima, l'intenzione di compiere con più calma ciò che solitamente facevo di fretta, in modo da cogliere meglio quanto stava accadendo e come mi influenzava. Era difficile. Non ero mai stata da sola con un ragazzo nel modo che forse sarebbe capitato adesso, tra poco. Ma non volevo immaginarmelo, perché ciò che immaginavo in anticipo non si realizzava mai come speravo e avevo previsto e, se me lo immaginavo, avrei solo ridotto le probabilità che avvenisse come auspicavo. Tuttavia, mentre cercavo di respingerle, quelle immagini cariche di speranza continuarono a emergere.

Che silenzio. La luce dorata della luna sul prato coperto di neve, o era la lampada a illuminarlo? Forse non sarebbe venuto, forse si era pentito, invece sentii il ronzio di un motore in Godals vei, mi alzai sul muretto e vidi un motorino in lontananza, quella sola luce, il faro anteriore che saliva in direzione della chiesa, verso di me, e nella zona non c'erano auto, sentii quel rumore in maniera sempre più nitida, si stava avvicinando insieme alla luce, svoltò nel parcheggio della chiesa, lo superò e proseguì lungo il vialetto asfaltato dove non era consentito il passaggio di veicoli. Balzai dal muretto con il cuore che mi pulsava nella testa, mi diressi verso la porta della chiesa e mi fermai proprio lì davanti, illuminata dalla luce del riflettore in modo che potesse notarmi. Un attimo dopo raggiunse il punto e mi vide, alzò la mano destra in segno di saluto e spense il motore, poi spinse il motorino verso di me. Non era sabato, non c'era la musica, non avevamo bevuto. Indossava il casco, quindi non ci abbracciammo. Gli proposi quello che avevo pensato mentre ero seduta sul muretto, che potevamo andare alla stazione di servizio a comprare una Coca-Cola, non era lontano, la si vedeva da dove eravamo. Annuì, ma dietro non poteva portare nessuno, disse, aveva caricato una persona poco tempo prima e la polizia lo aveva fermato e gli aveva fatto la multa. Non gli chiesi chi fosse quella persona, che forse gli aveva stretto le braccia intorno alla vita, gli dissi invece che potevo correre, che ero brava a correre, annuì e girò il motorino, e io corsi lungo la collina della chiesa, leggera come una piuma, mentre lui scendeva lungo il vialetto vietato, continuai a correre sul marciapiede fino a Kristoffertunet mentre lui guidava accanto a me così lentamente che arrivammo in contemporanea alla stazione di servizio, fu facile. Dopo aver parcheggiato, si tolse il casco, lo appoggiò sul sellino, si scosse i capelli, venne verso di me, si chinò e mi abbracciò. Ciao, esordì, come per scherzo, Ciao, gli risposi seria, entrammo nel negozio illuminato. Comprò due Coca-Cola e un pacchetto da dieci di Marlboro, poi, dopo aver stappato le bottiglie con un accendino che aveva in tasca, me ne diede una mentre uscivamo, diretti verso il motorino. Aperto il pacchetto, me lo porse, scossi la testa. Si accese la sigaretta con l'accendino, proteggendo la fiammella con la mano per metterla al riparo dal vento o dalle goccioline invisibili di pioggia presenti nell'aria o per abitudine, compì quei gesti da uomo, mi ricordò qualcosa che avevo visto fare nei film, mi innamorai follemente. Fumava come una star del cinema, aveva quasi diciotto anni e avrebbe potuto prendere la patente. Allora non conosci Bjørn Paulsen, mi chiese, scossi la testa perché non conoscevo nessun Bjørn Paulsen. Per un po' cadde il silenzio, poi mi domandò dove era la Berg, avrei potuto mostrargli la scuola, non era lontana, gli sembrò una buona idea. Correndo davanti a lui, attraversai la grande, pericolosa e cruciale Tåsenveien che, da bambini, mia madre temeva sempre che attraversassimo, poi proseguii su per Irisveien, prima di girare a sinistra lungo John Colletts allé fino alla Berg e, quando vidi il grande edificio che ospitava le superiori, rallentai, mentre realizzai di non esserci mai stata di sera, sembrava così diverso, deserto con le finestre buie, solo la palestra era illuminata. Finn scese dal motorino e lo spostò accanto a me dentro il cancello, chiese dove si trovasse la mia classe e io gli indicai le finestre buie. Trascinò il motorino verso l'ingresso più vicino alle finestre che avevo puntato, quello che di solito usavo, parcheggiò e si tolse il casco, lo posò sul sedile del motorino e si scrollò i capelli. Vieni qui, disse, mi avvicinai, guidandomi mi fece salire i tre gradini che portavano alla porta chiusa a chiave, poi mi girò così che avessi le spalle rivolte verso di essa, mi scostò la frangia dagli occhi e, dopo essersi chinato verso la mia bocca, la baciò. Mi spinse delicatamente contro la porta in modo che potessi appoggiarmi, in modo da potermi baciare più a lungo, più intensamente. Non come alle feste quando avevamo bevuto, non come quando eravamo dentro, al caldo. Fuori, al freddo, al buio e, per questo, tutto era più vivido e più bello. Dopo essersi tolto i guanti, mi infilò la mano destra sotto la giacca, sotto il maglione, sotto il reggiseno, tremavo leggermente. Me l'appoggiò sul seno sinistro e prese a cullarlo con gli occhi chiusi, aprii i miei e vidi quanto fosse presente in quello che faceva, come godesse di quel momento. Provai una forte ammirazione, lo amai per questo, per il fatto che ne fosse capace. Non so per quanto tempo rimanemmo lì così, avrei potuto restarci per sempre, si fermò, ma non in modo brusco, non all'improvviso, smise in modo quieto e delicato, ritirò la mano con cautela prima di staccare lentamente il viso dal mio, aprire gli occhi e sorridere, mi scostò di nuovo la frangia dagli occhi, poi chiuse la bocca, si piegò in avanti e baciò la mia aperta con le sue labbra serrate, era questo che intendeva dire Unni quando aveva dichiarato che aveva una certa esperienza. Estrasse il pacchetto di sigarette, lo agitò per farne uscire una, si sedette sulle scale della scuola e batté la mano sul gradino in modo che mi sedessi accanto a lui. Così feci. Si infilò la sigaretta in bocca, poi la fiammella dell'accendino gli illuminò metà del viso prima che tornasse buio ma, quando fece un tiro, il tizzone rosso-arancione brillò nell'oscurità della sera, espirò il fumo che aveva un irresistibile odore dolce e speziato. Tenendo la sigaretta stretta tra l'anulare e il medio, appoggiò il polso sul ginocchio, aveva una mano un po' pallida e sottile, rimise la sigaretta in bocca, inspirò e mi fece vedere che sapeva fare gli anelli di fumo, che forse andarono a posarsi tra i miei capelli. Quindi non conosci Bjørn Paulsen, richiese, ripeté, e scossi la testa, spense la cicca e disse che era ora di andare, ci alzammo e scendemmo le scale, si rimise i guanti e il casco, si sedette sul motorino e lo spinse con i piedi fino al cancello, lo accese, mi sorrise, mi salutò con la mano, partì e scomparve. Tornai sulle scale, sollevai il mozzicone, lo annusai e lo rimisi dove era come prova.

Mentre rientravo al buio, portavo dentro di me tutto quanto. Quando arrivai, mia madre era alla finestra, quando salii, era in cima alle scale, mi si avvicinò e disse che puzzavo di fumo, mi prese per la giacca, chiedendomi dove fosse il libro che dovevo andare a prendere da Helle, me l'ero dimenticato. Le dissi che l'avevamo cercato nella sua camera e in soggiorno dove i genitori stavano fumando, e questo mia madre lo sapeva, che i genitori di Helle fumavano, glielo avevo detto molte volte, e molte volte, annusando, ne aveva sentito l'odore, eppure doveva domandare, era un rituale o un'ossessione che distruggeva puntualmente quello che avevo appena vissuto, e forse era quello lo scopo, rovinare, in modo da costringermi ad associare sempre il bello con il brutto che ne seguiva.

Lasciala in pace, esclamò papà dal soggiorno e mi salvò.

Quando tornai in camera, quando tornai in me, sentii

per fortuna che quel momento era ancora presente, le sue labbra sulle mie, la sua lingua sulla mia, il sapore della sua bocca e la sua mano sotto il maglione, annotai tutto nel mio diario per conservarlo e farlo durare.

La mattina dopo uscii di casa prima del solito e per questo andai a scuola che era ancora buio e con una sensazione forte e promettente, ma anche dolorosa, di allontanarmi da mia madre. Quando arrivai, l'unica luce accesa era quella della sala insegnanti. Mi diressi verso l'ingresso del giorno prima per vedere la prova, c'era. In preda all'inquietudine scatenata dalla speranza e dalla menzogna, camminai più volte senza sosta da un'estremità all'altra del cortile, avanti e indietro, per tramortire quella pericolosa bugia e quella speranza probabilmente irrealistica, fino a quando vidi giù in strada la figura così cara e familiare di Unni, la sua nuova andatura che veniva verso di me e i capelli lucenti. Le corsi incontro per raccontarle tutto, ma lo sapeva già, che Finn Lykke era venuto a trovarmi il giorno prima, perché un amico della Framfylkingen l'aveva chiamata per informarla. Forse voleva dire che stavamo insieme. Lars non era andato da lei in un giorno qualunque e neppure Stein era andato da Helle in un giorno qualunque.

Forse stavamo insieme. Forse avevo il ragazzo. Quando si hanno sedici anni e il fidanzato, lo si fa, si è adulti, e nessuno può impedirlo.

Ogni volta che suonava la campanella, passavo per l'ingresso dove eravamo stati per andare a guardare il mozzicone, era ancora lì, e per essere sicura che quanto era successo era reale, per sentire il calore diffondersi dentro di me, percepire nelle gambe e nel bassoventre la presenza della terra che mi radicava a essa. Anche se le lezioni si svolgevano in altre parti dell'edificio, tornavo sempre a quell'ingresso e gioivo nel vedere quel mozzicone e nel richiamare alla mente il ricordo della sua mano sul mio seno. Quando la campanella annunciava la fine della giornata, uscivo da quella porta anche se mi trovavo in un'aula all'altro capo di quella costruzione enorme.

Non chiamò. Per tutto il pomeriggio, per tutta la sera, rimasi in camera con le orecchie puntate verso il telefono nel corridoio, ma non chiamò.

Stavo per andare a dormire quando mia madre spalancò la porta mentre con la mano agitava un tappo. Cos'è questo? Vidi che era un tappo di birra, ma non era quello che chiedeva, cosa avrei dovuto dire. Cos'è questo, ripeté con voce più alta, tenendomelo davanti al viso, Guarda cosa ho trovato nel cesto della biancheria sporca, dichiarò, Come ha fatto a finire lì, domandò, ebbi l'impressione di arrossire, ma come facevo a saperlo? Non lo so, risposi, avevo in tasca un tappo di birra che era caduto quando avevo messo i pantaloni nel cesto della biancheria sporca? Ma io non mi mettevo di certo i tappi di birra in tasca, l'ansia era troppa, lo stato d'allerta anche, portavo mia madre con me come se fosse stato un tappo di birra che tenevo sottopelle, la sua ansia, il suo sguardo e la sua voce, sempre più forti man mano che mi avvicinavo a casa, quindi, anche se avevo bevuto birra, tornavo subito sobria mentre rientravo e tanto ansimavo e diventavo vigile alla vista della casa dove abitavo al primo piano che non mi sarei dimenticata un tappo di birra in tasca. Un tappo di birra, esclamò in falsetto, Cosa c'entro io, dissi, Come ha fatto a finire nel cesto della biancheria sporca, chiese con voce stridula, Non lo so, replicai, Lo sai benissimo, insistette, Lasciala in pace, intervenne mio padre dal soggiorno, Grazie papà, perché mia madre se ne andò. Forse il tappo era di papà. Dovevo controllare i vestiti prima di metterli nel cesto, controllare le borse, i borsoni e lo zaino, probabilmente lei passava tutto al setaccio quando non c'ero.

Mi chiamò venerdì. Ero appena tornata da scuola, per fortuna mia madre non era in casa, erano le tre meno un quarto, suonò il telefono, lo fissai, qualcosa mi diceva che era lui. Allungai la mano verso la cornetta, sapevo che era lui, me la portai all'orecchio e lo sapevo. Pronto, fece e, quando sentì che ero io, disse chi era: Grazie per l'altro giorno, aggiunse, riferendosi a due giorni prima, quando ci eravamo baciati sulle scale della Berg e mi aveva accarezzato il seno.

I suoi genitori sabato non ci sarebbero stati, per cui poteva invitare qualcuno da lui, disse, non troppa gente, precisò, solo pochi, aggiunse, Unni e Lars, Helle e Stein e noi, se volevo. Volevo.

Mi spiegò dove abitava, tre case dopo quella dove eravamo stati sabato, alle otto, disse.

Sì, risposi.

Ci vediamo, disse.

Sì, risposi.

Sabato alle otto. Mancava solo un giorno. Lo scrissi nel mio diario. Caro Dio, fai che io non muoia prima.

Andai in bagno, chiusi la porta a chiave e mi guardai allo specchio. Quel viso infantile, quel volto ansioso, lo sguardo timoroso e vagante, il tremore nervoso all'angolo della bocca, domenica tutto questo sarebbe scomparso. Nulla sarebbe stato più lo stesso. Finalmente un atto che avrebbe aperto, trasformato e avrebbe fatto sparire quella faccia stupida, avrebbe calmato il cuore che martellava, avrebbe spezzato quel legame cocente, mi avrebbe reso libera! Promisi a me stessa che sarebbe successo, mi chinai in avanti e sigillai quel patto con un bacio.

Scrissi tutto sul diario, promettendo a me stessa che sarebbe successo, immaginandomi l'inizio. Per tutto il resto della giornata, per tutta quella successiva, non feci altro che immaginare come sarebbe stato il preludio, i preliminari, li vidi davanti a me nei dettagli, per tutta la notte tra venerdì e sabato non sognai altro che quelle fasi preliminari, le annotai sul diario e non riuscivo a dormire per via di quelle immagini e del tremore che provavo. Sabato mattina, sul diario, scrissi: Accadrà stasera. Ciò che nessuno dimentica. Sarà riportato qui, su queste pagine vergini che ora sto sfiorando con le dita, su cui sto scrivendo e che odorano di attesa come fa la carta bianca, quello che non sarà mai dimenticato, perché nessuno dimentica la prima volta.

Il cielo era pesante quando, tirata su la tendina, vidi che stava piovendo, una pioggia grigia che faceva sciogliere la neve, rendendo tutto più scuro e sporco. Mi infilai la tuta e gridai che andavo fuori a correre, uscii in quella pioggia dura e fredda di novembre e corsi fino a Sognsvann, feci due giri intorno al lago, bollente d'eccitazione, poi ne feci un terzo per non essere costretta a tornare a casa e per scacciare in quel modo l'agitazione dovuta alla speranza e all'ansia, ma, indipendentemente dalla velocità con cui correvo, non era mai abbastanza veloce, indipendentemente dalla distanza che percorrevo correndo, non era mai abbastanza lontano, dovevo sempre tornare al punto di partenza, da mia madre.

Così corsi a casa, dove altro sarei potuta andare, mi infilai nel bagno e feci la doccia, poi mi rifugiai in camera avvolta in un asciugamano, sentii arrivare mia madre, la sentii aprire la porta.
Che c'è?, dissi.
Sì, che c'è?, replicò.
Mi guardava immobile.

Ma non volevo litigare con lei! Non mi andava di litigare con lei! Non avevo la forza di difendermi dall'accusa implicita di essere la causa della sua inquietudine, della sua disperazione, volevo starmene da sola, concentrarmi, pregustare la gioia e non dovermi rapportare con lei, con la sua sospettosità e i suoi nervi, non volevo essere sfinita prima ancora di cominciare e in lacrime, triste, impotente, abbattuta e stanca, non volevo affrontare ciò che sarebbe successo con la mente distrutta. Preferivo che mi sgridasse e mi riprendesse dopo, perché allora avrei potuto sopportarlo meglio, essere un'altra, essere più forte. Il viso sofferente di mia madre. Mi fa male il cuore, disse. Tu non capisci quanto dolore ci sia nel mio cuore, continuò. Avrei voluto replicare: Vale anche per me, ma mi trattenni e abbassai lo sguardo sul pavimento, dove si era formata una piccola pozzanghera perché mi gocciolavano i capelli.

Quanto durò? Mi chiese speranzosa se quella sera sarei rimasta a casa.

Dissi che forse sarei andata da Unni.

Se fosse stato necessario lottare, avrei vinto, ero molto più forte di lei, anche se probabilmente non sarei riuscita a usare la mia forza contro il suo corpo, al massimo avrei potuto fuggire correndo. Se ne andò, ma l'odore di paura rimase sospeso nella camera. Helle avrebbe telefonato alle sei.

Dopo aver indossato la biancheria intima più bella che avevo, mi infilai alcuni vestiti qualunque, selezionai quello che mi serviva per truccarmi e lo misi nella borsa in modo che la trousse rimanesse in bella vista sulla scrivania come a riprova che non c'era pericolo. Nella borsa riposi anche un bel paio di pantaloni e una bella maglia, poi presi un libro, ma non riuscivo a leggere, non osavo neanche ascoltare la musica per non farmi travolgere da emozioni incontrollabili, aspettavo solo che arrivasse la chiamata. Alle sei e cinque squillò il telefono, sentii mia madre andare verso il comò, dire Pronto e poi dirigersi verso la mia camera. La porta si aprì, disse che era Helle, lasciata la stanza, mi portai il ricevitore all'orecchio, mia madre mi guardava con uno straccio in mano dalla soglia della cucina, che facesse pure. Oh, fantastico, esclamai, mi sembra un'ottima idea, continuai, davvero ha voglia di farlo? Perfetto, dissi, ne hai parlato con Unni?, chiesi. Per me va benissimo, non avevo nulla in programma, dichiarai, A tra poco, conclusi prima di riattaccare, poi mi girai verso mia madre. La madre di Helle aveva letto la bozza della tesina e aveva trovato nell'esposizione diversi punti deboli che andavano corretti, se volevamo, oggi poteva aiutarci a correggerli, e noi volevamo.

Cosa avrebbe potuto dire. Rimase in silenzio, socchiuse gli occhi, si era fatta una sua idea. Tornai in camera, ma lasciai la porta aperta in modo che potesse vedere che mi stavo mettendo il giaccone, infilai penna e carta nella borsa sopra quello che lei non sapeva c'era già, le passai davanti, corsi giù per le scale e fuori, ma quando ero al cancello, aprì la finestra della cucina e gridò: Siete solo voi tre?

Sì!

Lavorerete al compito e basta?

Sì! Dalla mia bocca non uscì neanche un no.

Non farai tardi?

Torno al massimo per le undici, gridai, prima di correre via in modo da non poter sentire una sua eventuale risposta.

Non pioveva più. Salii fino alla chiesa che pareva dormire sulla collina, chiusa e grigia al tenue bagliore delle lampade, raggiunsi la parte posteriore dove le vetrate arrivavano fino a terra e, dopo essermi chinata in avanti, sbirciai all'interno ed ebbi l'impressione di vedere luccicare i candelabri sull'altare. Mi inginocchiai sulla terra fredda, chiusi gli occhi e congiunsi le mani, dopo un po' l'inquietudine cominciò a placarsi e al suo posto provai una lieve malinconia, come quella che si avverte prima di affrontare un viaggio molto lungo. E, poiché era una sorta di addio, percepii tutti i suoni di quella sera in maniera più netta, lo strano sospiro del vento tra gli alberi, le ultime gocce di pioggia che colpivano il vetro colorato e un cane che abbaiava in Godals vei.

Quanto durò? Mi ero scrollata di dosso mia madre. Mi alzai relativamente calma, scesi lungo il versante che non era illuminato, feci un'altra strada per andare da Helle, diversa dalla solita, più breve, ma l'allungai passando dalla fattoria situata in cima all'altra collina e, quando mi trovai tra l'elegante villa padronale bianca, che fungeva da orfanotrofio maschile, e il fienile rosso, che era l'asilo che avevo frequentato anch'io, si mise di colpo a nevicare in tutta quell'oscurità e mi sentii tanto vicina al cielo quanto sarei potuta essere in quel luogo singolare dove ero nata e cresciuta, e, poiché si era fatto buio come di notte, vidi la luna e molte stelle e la calma che prima era stata relativa divenne profonda, e con la sicurezza nel cuore andai a casa di Helle e suonai il campanello.

Aprì e sussurrò che aveva della birra in cantina, appena i genitori fossero usciti per giocare a bridge, sarebbe andata a prenderla. Unni era già arrivata. In camera di Helle ci cambiammo e ci truccammo e, mentre i genitori si chiudevano il cancello alle spalle, Helle andò a prendere la birra in cantina, bevemmo, continuammo a truccarci, ci mettemmo a ridere e a scherzare e la calma che prima era stata relativa e poi penetrante aumentò ulteriormente, si addentrò ancora più in profondità, si fece ancora più sicura, come una pietra calda e pesante all'altezza del diaframma, mentre nel petto e nella fronte si levava dentro di me una strana leggerezza, condizionata dalla pietra, un sollievo liberatorio, dimenticai mia madre.

Verso le sette ci dirigemmo al buio verso la fermata dell'autobus, mentre la pioggia grigia si era trasformata in neve che cadeva morbida e scintillante, camminammo al freddo sotto quei fiocchi, avvolte da quella fragranza particolare che emanano rossetto e profumo, non lo dimenticherò mai. Ridenti e sollevate, ma poi tutto d'un tratto silenziose e solenni per via di ciò che sarebbe successo, che era e aleggiava nell'aria.

Unni non stava insieme a Lars, Helle non stava insieme a Stein, invece io stavo con Finn e, quando si hanno più di sedici anni e si ha il ragazzo o la ragazza, lo si fa.

Scendemmo alla stessa fermata dell'ultima volta in quella parte sconosciuta della città e percorremmo le stesse strade dell'ultima volta, ma adesso ero io quella naturale e spigliata. La luna splendeva salutando incoraggiante e la decisione presa guidava i miei piedi lungo un cammino che avrei ricordato per sempre. Le labbra scintillanti di Helle nel buio, gli occhi castani e lucidi di Unni, il gusto del liquore di ciliegie e del gin aspro delle bottigliette mignon che Helle aveva nella borsa. Passammo davanti alla villetta a schiera del sabato prima, che ora dormiva tranquilla, fino a quando non vedemmo il numero e la scritta «LYKKE» sulla porta. Le finestre erano illuminate, non si sentiva nessuna musica e rimanemmo titubanti sulla scala, ma io non volevo esitare e suonai il campanello.

Venne ad aprire Finn. Finn Lykke aprì la porta in jeans e camicia bianca appena stirata, si era vestito con cura. Mi abbracciò e mi sentii ancora più naturale e spigliata, finché durò. Lo seguimmo nel soggiorno che era pressoché identico a quello del sabato precedente, però questo era vuoto, non c'era nessuno seduto sul divano, disse che Stein e Lars stavano arrivando con la birra, fortunatamente comparvero poco dopo portando dei sacchetti che tintinnavano piacevolmente e che appoggiarono sul tavolino, iniziava a somigliare a una festa. Aprimmo le bottiglie e bevemmo, Finn, che si era seduto accanto a me, mi mise un braccio sulle spalle ed era più alto dell'ultima volta e molto più naturale e spigliato rispetto al sabato prima, era singolare notare quanta importanza potesse avere una visita compiuta nel corso di un normale mercoledì. La mattina avevano giocato a hockey e avevano vinto, dissero, e brindarono alla vittoria facendo tintinnare le bottiglie l'una contro l'altra, brindammo anche noi, Finn aveva segnato, dissero, e ci raccontarono del goal, immaginai Finn con indosso l'attrezzatura da hockey su ghiaccio, con il casco, la visiera, le spalle imbottite, il modo in cui dribblava e colpiva il puck con la mazza fino a sbatterlo in rete. Mi resi conto di essere più innamorata del lui che immaginavo con indosso l'attrezzatura da hockey che di quello seduto accanto a me sul divano, evitai di guardarlo, bevvi.

Lars mise della musica a un volume così forte che per fortuna era difficile parlare, probabilmente era quella l'intenzione, poi tirò Unni al centro della stanza, Stein fece lo stesso con Helle e Finn con me, ballammo con una birra in una mano e una sigaretta nell'altra finché Lars non cambiò disco e cominciammo a ballare più lentamente poi, posate le bottiglie e spente le sigarette, ci abbracciammo e ci mettemmo a limonare.

Pomiciammo al suono di molte canzoni prima che Finn mi prendesse per mano e mi conducesse nel corridoio dove la luce non era accesa, e lì, nella semioscurità, ci baciammo con più passione. Dopo avermi premuto dolcemente contro la parete, mi infilò la mano destra sotto il maglioncino e sotto il mio reggiseno più bello, mi accarezzò e cullò il seno come aveva già fatto in maniera meravigliosa nel cortile della Berg solo qualche giorno prima, infine, dopo quello che mi sembrò un arco di tempo lungo e piacevole, tolse le dita, mi prese per mano e mi condusse verso le scale e poi su, su per i gradini che portavano al primo piano dove c'erano probabilmente le camere da letto.

Non me lo dimenticherò mai, i gradini che portavano verso quella che era forse la camera da letto. Il tappeto sulla scala, rosso bordeaux con i bordi dorati, che non copriva interamente gli scalini, così che il legno era visibile ai lati, una passatoia tenuta al suo posto da sottili stanghette metalliche poste in fondo a ogni gradino. Che strano, pensai, mentre Finn Lykke mi conduceva su al primo piano, perché stavo per vivere qualcosa che non avrei mai dimenticato, che sarebbe diventato un capitolo della mia vita, uno dei più importanti. Prima che avvenisse, lo sapevo già, che sarebbe diventato un capitolo della mia vita che non avrei mai scordato, sapevo in anticipo che sarebbe stato indimenticabile. Così strano, mentre salivo su per le scale coperte in parte da un tappeto rosso bordeaux con i bordi dorati tenuto al suo posto da sottili stanghette di ottone poste in fondo a ogni gradino, dietro a Finn Lykke in jeans e camicia bianca appena stirata.

Arrivammo in un corridoio con quattro porte chiuse, proseguì fino a quella in fondo a sinistra e io lo seguii con la mia mano nella sua, prima che la lasciasse, aprisse la porta e accendesse la luce in quella che sembrava essere una camera degli ospiti, praticamente inutilizzata. Un letto fatto e un comodino, una finestra che dava sulla strada con le tende tirate, un lavandino a sinistra della porta, una sedia a destra. Richiusa la porta, cominciò a spogliarsi, si sbottonò, apparentemente senza timore, la camicia bianca appena stirata, che si tolse e gettò sulla sedia, poi si chinò sulla cintura e sulla cerniera dei jeans, se li sfilò e li lanciò sulla sedia come se io non fossi presente, si levò i calzini, prima uno poi l'altro, e rimasto in piedi di fronte a me con indosso solo gli slip si tolse anche quelli e ora era lì, nudo davanti a me con i peli del pube chiari e ciuffi di peli biondi sotto le ascelle, i capezzoli piccoli, come rivolti verso l'interno, eppure dava l'impressione che non mi stesse guardando. Con aria di colpo incerta, si diresse verso gli indumenti che aveva gettato sulla sedia e, presi i pantaloni, cercò qualcosa nelle tasche e, mentre lo faceva, cercare qualcosa nelle tasche dei pantaloni, mi spogliai il più velocemente possibile in modo da essermi tolta tutto mentre lui non guardava, appoggiai i vestiti sul comodino, la bella maglia, il bel paio di pantaloni, il mio reggiseno più bello, le mie mutandine più belle e le calze, posai ogni cosa sul comodino e mi infilai sotto il copriletto e il piumone mentre lui continuava a frugare nelle tasche senza dire una parola, nel silenzio più totale. Lo guardavo da sotto le coperte, nudo con i peli del pube biondi e i ciuffi di peli biondi sotto le ascelle, poi trovò quello che stava cercando, un preservativo, vidi, che tentò di aprire, ma inutilmente. Doveva strappare l'involucro di plastica, ma non ci riuscì, così fu costretto ad aiutarsi con i denti e alla fine, dopo averlo tirato fuori, tentò di infilarselo, ma era difficile perché non aveva erezione, il pene, piccolo e pallido, gli pendeva molle tra le cosce. Mi girai con cautela e lentamente verso il muro, per non far rumore, per non attirare la sua attenzione su di me, ma avevo le orecchie tese, per cui sentii il fruscio del lattice e il suo respiro, il respiro irritato perché non riusciva a mettersi il preservativo. Poi si mosse verso il letto, sentii, venne verso il letto in cui giacevo, sollevò il piumone, si infilò sotto le coperte e si coricò dietro di me, poi, dopo essersi appoggiato sul gomito, mi prese per la spalla perché voleva farmi girare. Lo feci di mia iniziativa, mi sdraiai sulla schiena e, mentre mi baciava, si distese sopra di me e cominciò a muovere i fianchi come facevano gli uomini durante un amplesso, come avevo visto fare sulle riviste e nei film porno del padre di Unni e che mi ero immaginata così spesso e avevo sognato, ma lui non era dentro di me. Non sapevo molto, ma quel tanto che bastava, perché usavo gli assorbenti interni durante il ciclo e sapevo cosa voleva dire avere qualcosa all'interno, non era dentro di me. La testa gli pendeva sopra la mia spalla, la bocca bagnata, da cui respirava, mi sfiorava il collo, muoveva i fianchi come fanno gli uomini durante il coito, ma quello non era un rapporto sessuale perché non era dentro di me, non sapevo molto, ma quel tanto che bastava.

Gli sussurrai che non era dentro di me. Finn, non sei dentro, ma sembrava che non sentisse, era chiuso in se stesso, mentre mi ansimava sul collo, la nuca rossa e tesa. Finn, non sei dentro, eppure continuava a sbattere i suoi fianchi contro i miei, disteso su di me con tutto il suo peso, tutto il suo corpo, il viso affondato nella cavità del mio collo, i suoi capelli in bocca. Finn, non sei dentro, ma non sentiva, ansimava, sbuffava, si sforzava, poi si fermò di colpo, alzò le braccia, girò le gambe fuori dal letto e si alzò, era in piedi davanti a me, sempre senza erezione, per cui il preservativo gli cadde. Si chinò e, dopo averlo raccolto, lo sollevò verso la luce del lampadario prima di esaminarlo, andò al lavandino, aprì il rubinetto e riempì il preservativo d'acqua, poi lo sollevò di nuovo verso la luce e lo studiò, perché voleva controllare se si fosse lacerato, disse, allora sapeva che c'ero. Lo riempì d'acqua e lo alzò verso la luce del lampadario per vedere se si era rotto o bucato, ma sembrava integro.

Mi tirai lentamente su a sedere, prima di appoggiare i piedi per terra e approfittai dell'occasione per vestirmi mentre controllava se si fosse rotto o bucato il preservativo che aveva infilato sul pene che non era stato dentro di me, le mie mutandine più belle, il mio reggiseno più bello, la maglia, i pantaloni e le calze, e mi avviai furtiva verso la porta, con le dita sulla maniglia mi girai verso di lui per dirgli che andavo giù dagli altri. Mi lanciò un'occhiata annuendo, era concentrato sulle sue cose, il preservativo. Scesi le scale che poco prima avevo salito con speranza, sul tappeto rosso bordeaux con i bordi dorati tenuto al suo posto da sottili stanghette metalliche color oro poste in fondo a ogni gradino, scesi da qualcosa che non avrei mai dimenticato, che sarebbe diventato un capitolo della mia vita, uno dei più importanti. Mi avvicinai alla musica tranquilla e romantica che veniva dal soggiorno, erano seduti ognuno nel proprio angolino, ognuno sul proprio divano e si stavano baciando, ma si fermarono quando arrivai, guardandomi curiosi, Helle e Unni con i volti seri e solenni, abbozzai un sorriso e andai a sedermi in un angolo libero mentre sentivo i loro occhi puntati su di me, ma rimasi in silenzio, non c'era molto da dire, non era una cosa da raccontare. Poi sentimmo il rumore di passi sulla scala e di passi nell'ingresso e un attimo dopo Finn Lykke entrò nel soggiorno, vestito di tutto punto con i jeans e la camicia bianca leggermente stropicciata, si precipitò verso il divano dove ero seduta, aveva un sorrisetto sulle labbra e un modo di camminare simile a quello con cui Unni entrava nel cortile della scuola le mattine successive alle serate trascorse dietro la pensilina dell'autobus con Lars, dopo gli incontri della Framfylkingen. Finn entrò nel soggiorno e venne verso di me con il suo nuovo passo naturale, diretto, disinvolto, di quello a cui non importa più in cosa si imbatte, e, dopo essersi accomodato accanto a me, mi mise il braccio intorno alla spalla e mi sussurrò all'orecchio: Ora sei diventata donna.

Fu così che diventai donna.

Alle dieci e un quarto ce ne andammo per salire sull'autobus che dovevamo assolutamente riuscire a prendere per essere a casa prima delle undici, non parlammo mentre camminavamo. Aveva continuato a nevicare mentre eravamo nella villetta a schiera di Finn Lykke e stava nevicando ancora, grossi fiocchi che cadevano lenti e che mi fecero venir voglia di tirare fuori la lingua per catturarli come facevo da bambina, ma lasciai stare. Non parlavamo perché, quando la neve scende così fitta al buio della sera, le persone ammutoliscono, la neve invoca su molte azioni la quiete e il silenzio. Procedemmo mute sotto l'immenso cielo stellato che campeggiava sopra di noi e da cui scendevano quei grandi fiocchi, camminammo nella neve che era già caduta e su cui si depositava quella che scendeva piano, sul marciapiede, sulla strada, sui lampioni, sui tetti delle case e dei garage, sui bidoni della spazzatura nei vialetti, sui cartelli stradali e su quello della fermata dell'autobus. Mentre lasciavamo tracce del nostro passaggio in quella massa bianca, Unni ed Helle pensavano sicuramente che quello che mi era successo fosse qualcosa di troppo serio per parlarne, tacevano per rispetto verso quello che avevo vissuto, capivano che non era possibile raccontarlo né spiegarlo, che le parole non erano sufficienti, e avevano ragione, le parole non bastavano. Forse, riflettevo mentre camminavo nella neve e vi lasciavo le mie impronte, mentre le mie spalle si imbiancavano, un giorno sarei riuscita a riderne, a raccontarglielo e ridere, forse sarebbe arrivato il giorno in cui avrei potuto sorridere della cosa, pensavo, in fondo si trattava di una bella storia, mi dicevo con un nodo in gola. Probabilmente pensavano che avrebbero capito solo quando l'avrebbero vissuto a loro volta, che non era possibile parlarne subito dopo, che era impossibile mentre eravamo sedute sull'autobus e guardavamo fuori dai rispettivi finestrini, mentre scendevamo e andavamo a casa, ognuna per la sua strada.

Quando varcai il cancello, mia madre era alla finestra, quando entrai, mi aspettava sulle scale, mi chiese dove ero stata e temetti che avesse chiamato a casa di Helle dove nessuno aveva risposto, così le dissi che ero stata da Helle, che avevamo lavorato alla tesina e che, dopo che sua madre, che era insegnante, ci aveva spiegato quali errori andavano corretti nella stesura, eravamo scese nel soggiorno del seminterrato, dove non si sentiva il telefono, e avevamo continuato a lavorare. Poi eravamo andate al chiosco vicino al condominio dove abitava Unni, era così bello con la neve, e avevamo comprato dolciumi e riviste, niente di male. Non riuscivo a capire se avesse chiamato o no, parlava in modo sconnesso e isterico, era arrabbiata perché avevo cambiato i piani senza avvisare, senza chiamare, senza pensare a lei, a quanto avesse avuto paura, perché pensavo solo a me stessa, non a lei, perché, se non fossi tornata a casa, dove avrebbe mai iniziato a cercarmi, se solo avessi saputo quanto era stata in pena, quanto aveva sofferto nel suo cuore, forse avrei dovuto pensarci, non soltanto a me stessa, poi disse che le sembrava di sentirmi addosso odore di fumo, mi toccò i vestiti, mi annusò, mi chiese se i genitori di Helle fumassero o se ci fossero state altre persone da Helle, qualcuno che non conosceva, qualcuno che fumava, se qualcuno al chiosco aveva fumato, chi altro c'era nel chiosco, ci vollero trenta minuti, vidi in seguito quando guardai l'orologio, anche se mi sembrò un tempo molto più lungo, prima che mio padre uscisse dal soggiorno per andare in bagno. Non incrociò il mio sguardo implorante, non incrociava mai il mio sguardo e probabilmente era per questo che osavo guardarlo, perché lo sapevo, invece lui guardò mia madre, palesemente rassegnato nei suoi confronti, nei confronti di tutta l'agitazione che creava sempre, tutti i sabati, e le chiese di lasciarmi in pace, poi entrò in bagno e chiuse la porta a chiave, mia madre tacque con gli angoli della bocca che le tremavano e a malincuore mi lasciò andare in camera.

Dopo averla chiusa, mi appoggiai alla porta e mi misi a piangere cercando di contrastare le lacrime in modo che mia madre non potesse sentire anche se si fosse trovata così vicina come era sicuramente, mi inginocchiai accanto al letto e infilai la testa sotto il cuscino per attutire i singhiozzi che non riuscivo a interrompere, non so per quanto durò la cosa, il tempo sembrava essersi fermato, quando tornai in me la casa era immersa nel silenzio. Mi spogliai, socchiusi la porta e rimasi in ascolto, nessun suono, la porta della loro camera era chiusa, solo allora uscii furtivamente per andare in bagno. Quando tornai, mi coricai, ma non riuscivo a dormire, ero agitata, fuori di me e in uno stato che non capivo, ma che trovavo insopportabile e, come spesso accadeva quando non comprendevo me stessa e provavo un dolore di cui non comprendevo l'origine perché la sua intensità non era commisurabile alla situazione in cui ero, tirai fuori il diario per scrivere. Lo sfogliai e lessi quello che avevo annotato quella mattina stessa, guardai le pagine intatte e piene di speranza che avevo annusato, che emanavano lo stesso odore di aspettative che ha la carta bianca. Sarebbe rimasto impresso lì. Quello che nessuno dimentica, perché nessuno si scorda la prima volta. Caro diario. Ora è successo e non lo dimenticherò mai? E poi? Non era possibile scriverlo né descriverlo. Non volevo e non potevo deludere quel diario carico di aspettative, affamato, speranzoso, diedi a quelle pagine quello che speravano e desideravano, me lo sognai. Scrissi come in trance, come in uno stato onirico, immaginandomi in dettaglio e al rallentatore quello che avevo sognato, alla stessa velocità con cui lo stavo annotando. Scrissi veloce, scrissi come in estasi, feci in modo che avvenisse sulla carta quello che non era mai accaduto nella cosiddetta realtà, dalla prima, quasi impercettibile carezza fino al primo, secondo e terzo climax. Le sue mani sui miei seni, le sue mani sul mio sesso e le mie mani sul suo membro che si rizzava mentre lo palpavo, cresceva tra le mie mani fino a raggiungere il massimo dell'erezione, ed era audace, turgido e duro, lo desideravo ardentemente, bramavo che mi penetrasse, che mi venisse spinto dentro, così da poter riempire la mia cavità affamata, il mio grande vuoto corporeo. Permisi che nel diario accadesse ciò che avevo anelato, che anelavo ancora, che si riempisse la cavità, che la mia brama enorme venisse soddisfatta, lo scrissi con la stessa veemenza di cui avevo bisogno, come un grido di voluttà e di protesta contro mia madre. Feci sulla carta quello che non avrei mai osato fare in un letto, ero rimasta così paralizzata e silenziosa sotto il corpo pallido, esile di Finn Lykke nel letto degli ospiti della famiglia Lykke, con enfasi, con un furore salvifico e una tenerezza consolante per me stessa, parole che non avevo mai detto, clitoride. Tutto scorse, gocciolò e schizzò liberatorio come il vomito, benefico come il vomitare, scrissi, scrissi, riempiendo con le parole il mio grande vuoto.

Era domenica. Fuori, il sole, erano le nove e mezzo quando aprii gli occhi, non mi avevano svegliato, c'erano, li sentivo, erano in cucina, loro quattro, la mia famiglia meno mio fratello, che sicuramente stava giocando a bandy. Mi avevano lasciato dormire, non avevano avuto cuore di svegliarmi o non volevano vedermi, volevano evitarmi, evitare il disagio che accompagnava la mia presenza quando c'era anche mia madre, una tensione tangibile e percettibile, come si dice, e, anche se non veniva mai espresso apertamente perché nessuno aveva parole per descrivere la situazione, era a me che davano la colpa. Ero io che facevo perdere il controllo a mia madre, che la facevo guardare nella mia direzione. Entravo nella stanza e la sua attenzione si spostava dalle mie sorelle esclusivamente su di me e, anche se era un'attenzione negativa, un'attenzione che per me era fastidiosa, indesiderata e molto sgradevole, quando comparivo, a loro, le mie sorelline, sembrava di perdere qualcosa. Entravo nella stanza e mi impadronivo di nostra madre. Era domenica e le mie sorelline facevano colazione in pace con mamma e papà. Mio fratello stava giocando a bandy o faceva slalom, non sentivo la sua voce. Usciva e se ne andava non appena poteva, e gli era permesso perché mia madre non era ansiosa per lui come lo era per me perché lui non aveva vissuto quello che avevo vissuto io, quello che si agitava non solo dentro di me, ma anche in tutta la famiglia benché ne fossero a conoscenza solo due persone e lo sapessero in due modi completamente diversi, ma entrambi caratterizzati dalla paura. Paura, paura. Mamma, papà e le mie sorelline stavano facendo colazione in pace e non volevo rovinare tutto. Mi misi la tuta, uscii nel corridoio, gridai verso la cucina che andavo a correre fino a Ullevålseter con Unni. Mi lasciarono andare. Probabilmente tirarono un sospiro di sollievo.

Corsi fino a Ullevålseter da sola, nascosta sotto berretto e sciarpa, superai rapida quelli che salivano fino al rifugio camminando lentamente, nessuno poteva vedere che ero io e lo stesso valeva per coloro che stavano scendendo in macchina, non avevo bisogno di parlare con nessuno. A Ullevålseter mi comprai un punch analcolico al ribes nero e un vaffel, mangiai e bevvi stando in piedi fuori nella neve, sul retro dell'edificio. Corsi oltre Ullevålseter, spingendomi fino a Kikut in modo da stancarmi a tal punto che forse la sera sarei riuscita a addormentarmi, era buio quando tornai al laghetto di Sognsvann e presi il tram per tornare a casa. Arrivai per la cena domenicale delle cinque, sei persone a tavola, quattro figli, padre e madre, estranei l'uno all'altro, quattro fratelli che non avevano confidenza tra di loro, che non l'avrebbero mai avuta, chissà come mai. Quattro fratelli cresciuti nello stesso primo piano, in un appartamento abbastanza piccolo, ma che non parlavano mai insieme di questioni serie e importanti, che non si confidavano mai a vicenda, che non parlavano mai dei propri genitori e che quindi non potevano unirsi contro di loro se fosse stato necessario opporsi, puntare un piede, puntare i piedi, mettere le cose a posto, rimetterle a posto. Forse i genitori contribuivano, consciamente o meno, a far sì che i quattro fratelli non diventassero intimi ed entrassero in confidenza tra di loro per paura che insieme potessero rivoltarsi, ribellarsi o almeno pretendere delle spiegazioni, o come minimo porre domande pertinenti a cui i genitori dovevano rispondere, affinché potessero ricevere chiarimenti su ciò che si chiedevano, come mai tutto era diventato così strano, così difficile, così distrutto, dove era iniziata la rovina?

Passai la serata in camera, senza pensare a Finn Lykke.

Lunedì mattina, buio fuori quando mi alzai e buio mentre andavo a scuola, dove avrei incontrato Helle e Unni che mi avrebbero chiesto di Finn. Buio quando mi domandarono se Finn mi aveva chiamato, non l'aveva fatto, non era una bugia. Non aggiunsi altro, grattarono nella neve con gli scarponcini, non le aiutai, ma notarono di sicuro che non ero più naturale e spigliata, che il mio passo era quello di un tempo, quello nuovo era durato poco.

Non andai a controllare se il mozzicone fosse ancora sul gradino dell'ingresso, entrai da un'altra parte e me ne stetti per conto mio. Dopo le lezioni, tornai a casa a fare i compiti in camera, non cenai con la famiglia come avveniva di lunedì perché avevo un lungo allenamento d'atletica che durava fino a tardi. Prima di uscire, mangiai solo un paio di fette di pane con sopra qualcosa, appoggiata al ripiano della cucina e, finito l'allenamento, continuai ad allenarmi con quelli che frequentavano il terzo anno del liceo sportivo, come facevo ogni tanto, mi fu d'aiuto, ero stanca e indolenzita in tutto il corpo e forse sarei riuscita a addormentarmi, tornai a casa, andai subito a letto, chiedendomi come sarebbe stata la mia vita.

Mia madre mi svegliò nel bel mezzo della notte. Mi destai perché stava singhiozzando accanto al mio letto, un singhiozzare strano e insopportabile, sembrava un animale, senza capirci nulla le chiesi cosa stesse succedendo, mi rispose che mio padre era scomparso.

Tuo padre è scomparso, singhiozzò disperata, così le chiesi se avessero litigato, scosse decisa la testa, non era quello, non avevano litigato, era peggio, molto peggio e ancora più terribile, da quanto compresi, e mi guardava come se avesse a che fare con me, gemeva disperata accanto al mio letto, ma era anche arrabbiata, come se fosse stata colpa mia che papà era scomparso e come se avessi dovuto capire perché, invece non capivo a cosa si riferisse o cosa volesse che facessi o dicessi, cosa avrei dovuto comprendere o avrei potuto fare per lei.

Tuo padre è scomparso, riprese a singhiozzare, tuo padre è scomparso, balbettava tra i singhiozzi che cercava di trattenere per non svegliare i miei fratelli, ma che allo stesso tempo erano insistenti e rivolti a me come se la grave scomparsa di papà fosse dovuta a me, ed era così, me ne resi conto poco dopo, perché lei aveva letto il mio diario, singhiozzò, ed era rimasta così scioccata da mostrarlo a papà, ovviamente, e papà aveva letto il diario ed era uscito di casa, di colpo, nella notte. Tuo padre se n'è andato, disse, ha letto il tuo diario ed è scomparso nel cuore della notte, esclamò, era sicuramente scioccato e disperato, Dove sarà?, chiese, come se io avessi la risposta o avessi dovuto averla, ma non si sedette sul bordo del letto, non si avvicinò, rimase a distanza e questa volta non mi annusò perché non voleva che la contagiassi né sentire l'odore delle mie azioni, perché ora sapeva com'ero, aveva capito com'ero e la cosa le risultava insopportabile, le era quasi insostenibile, capii, per lei o per mio padre, tanto era stato il dolore provato nel leggere quel diario così scioccante. Forse è morto, disse ponendo l'enfasi sull'ultima parola, la più probabile, e la colpa sarebbe stata mia, capii, Dove sarà, singhiozzò e, come se pretendesse che io, colei che aveva causato la disgrazia, rispondessi, mi domandò: Chi dobbiamo chiamare?, disse, La polizia?, chiese, così mi resi conto che forse il mio diario poteva diventare un caso che richiedeva l'intervento delle forze dell'ordine. Non so quanto durò tutta quella situazione, mi parve una vita, avevo la bocca e la mente paralizzate, ma ricordo che ero in camicia da notte, ricordo che indossavo una camicia da notte e sotto ero nuda, senza slip né reggiseno, e avevo l'impressione che lo sguardo di mia madre penetrasse attraverso il tessuto del piumone e della camicia da notte e vedesse il mio corpo, mentre allo stesso tempo non ne fosse interessata, come se la disgustasse, ne provasse repulsione, per esso, per me.

Rimase lì, ma cosa avrei dovuto fare? Pretendeva da me qualcosa che non sapevo cosa fosse, né potevo dare. Voleva che chiamassi la polizia perché era colpa mia se mio padre era uscito e scomparso nella notte, ero io che dovevo rispondere a cosa avremmo dovuto fare in quel momento, per trovarlo? Di colpo mi si oscurò la vista, tutto si fece nero, forse persi i sensi, ma poi la porta d'ingresso al piano di sotto si aprì e, al suono della porta che si apriva giù nell'ingresso, mia madre si precipitò fuori e giù per le scale e sentii la voce cupa di papà, mia madre che gli diceva che l'avrebbe aiutato a togliersi le scarpe, mio padre che diceva qualcosa che non capii. Ecco fatto, esclamò mia madre, così, gli disse come se mio padre fosse un bambino, così, gli ripeté, in maniera delicata e premurosa, e io mi alzai e sbirciai fuori dalla porta, ma in modo che non mi vedessero, la sentii mentre lo aiutava a salire le scale, un gradino alla volta, aiutava colui da cui dipendeva tutto, su cui ricadeva tutto, il capofamiglia che era ubriaco, papà. Così mia madre lo aiutò a salire mentre io stavo attenta a non farmi vedere, ma non guardarono verso di me, mia madre mi aveva dimenticato, avrebbe tanto voluto farlo, li vidi arrivare, un passo alla volta fino a giungere in cima alle scale per poi proseguire lungo il corridoio e raggiungere la loro camera, mia madre che lo teneva intorno alla vita con il braccio, lui ubriaco fradicio. Uscii furtivamente dalla stanza per vedere più da vicino quanto fosse grave, il danno che avevo causato loro, guardai di sottecchi e vidi mio padre accasciato sul pavimento con la schiena appoggiata all'armadio, piangeva, era ubriaco, le lacrime gli rigavano le guance. Non è facile essere umani, piangeva. Non è facile essere umani, ripeté singhiozzando. Mia madre mi vide e mi guardò con aria severa, carica d'odio, non piangeva più perché papà era a casa e il pericolo era finito, ma il fatto che lui fosse uscito, fosse sparito nella notte, era per colpa mia, per quello che avevo scritto nel diario. Salva e improvvisamente energica e risoluta, si alzò, venne verso di me e mi chiuse la porta in faccia per concentrarsi sulla vittima delle mie parole, papà.

Tornai in camera mia, cos'altro avrei potuto fare, chiusi la porta, mi infilai sotto il piumone, rimasi in ascolto, ma non sentii nulla, adesso cosa avrei fatto, come avrei potuto vivere dopo tutto questo?

Erano le avvisaglie che mi sarei ritrovata da sola. Che mia madre, in caso di battaglia imminente, sarebbe stata dalla parte di mio padre. Che lei, se fosse stata costretta a scegliere, avrebbe scelto lui che rappresentava la sicurezza economica e lo status sociale della famiglia, nonché il suo. È comprensibile. Sarei stata capace di agire diversamente se fossi stata al suo posto? Per fortuna non lo ero.

Ma, dopo questo, andare da mia madre per confidarle qualcosa di profondo o difficile sarebbe stato impossibile. Aveva fatto quadrato intorno a mio padre ubriaco escludendomi completamente, forse per proteggermi, sto cercando di capirla. Quella notte rimasi sola nel corridoio, al buio, non c'erano fessure, né spiragli, né barlumi di luce in quelle tenebre in cui mi avevano relegato. Andai in camera, cos'altro avrei potuto fare, paralizzata da un dolore che non avevo mai conosciuto neppure lontanamente, e io, l'incarnazione di ciò che lei pensava, non ero lì per consolarla.

In quel momento non sapevo che mia madre e mio padre erano intrappolati in una situazione impossibile più grande della mia. Non sapevo di trovarmi su una scena del crimine. A proposito, poco dopo la famiglia lasciò la scena del crimine per trasferirsi dal primo piano di una casa comune di un quartiere comune in una grande villa progettata da un architetto che si ergeva sull'altro alto della pericolosa Tåsenveien, in Holmenkollåsen, e le mie espressioni più slang e alternative diminuirono. Le due sorelle più giovani, che adesso avevano rispettivamente dodici e quattordici anni, avrebbero vissuto i loro anni di formazione in Holmenkollåsen, mentre io e mio fratello vivemmo i nostri al primo piano di una casa comune di un quartiere comune nella parte inferiore di Tåsenveien, avevamo un'infanzia diversa, una giovinezza diversa e genitori diversi, e quando ci trasferimmo dal primo piano piuttosto angusto alla grande casa in Holmenkollåsen, io e mio fratello non abitavamo con i nostri genitori e le nostre sorelle minori, i quattro. Ci diedero un appartamento solo per noi, un'estensione della villa, che aveva ingresso, bagno e cucina separati. Sicuramente per loro, gli altri quattro, era un bene che io e mio fratello avessimo il nostro appartamento con un ingresso separato e non condividessimo bagno e cucina con loro, che non vivessimo con loro nella stessa casa, che fossimo vicini, ma a debita distanza. Qualche mese dopo il trasloco mia madre dichiarò che non aveva mai, neanche per un secondo, rimpianto la casa di Grøndahls vei, nella parte inferiore di Tåsenveien, dove ero cresciuta, dove avevo mosso i miei primi passi, come si dice, la mia casa d'infanzia, ed è comprensibile, chi rimpiangerebbe mai una scena del crimine?

Volevano ricominciare tutto da capo, loro quattro.

Non riuscivo a dormire, ero come sulle spine, con tutti i sensi all'erta e puntati verso la loro camera, eppure non percepivo nulla, probabilmente erano svegli, paralizzati dallo sgomento. Rimasi in ascolto, poi, a un certo punto, sentii mio padre russare, non era più sveglio per colpa dello shock, anche se probabilmente stava facendo brutti sogni, aveva gli incubi, per via della figlia degenere che aveva, ecco perché si era ubriacato, per riuscire a convivere con il pensiero. Non sapevo se mia madre stesse dormendo ma, poiché mio padre russava forte, non avrebbe sentito nulla se mi fossi mossa. Accesi la lampada sul comodino, con le orecchie tese mi alzai e infilai la mano tra la base del letto e il materasso dove avevo nascosto il diario quando avevo finito di mettere per iscritto tutto quello che mi aveva inebriato, eccolo, mia madre doveva averlo rimesso al suo posto dopo averlo mostrato a mio padre. Aveva letto da sola e per prima quel testo raccapricciante, la sera, una volta che le mie sorelle si erano probabilmente già coricate, mentre io ero all'allenamento, poi aveva mostrato il diario a mio padre perché lo leggesse. Il diario era lì al suo posto, lo tirai fuori, ma non lo aprii per leggere quello che avevo scritto come in trance, invece strappai via le pagine incriminate e le ridussi subito a brandelli, infine andai di soppiatto in bagno per buttarle nel gabinetto e farle sparire. Ora lo sapevano, ora capivano com'ero, per loro era quella la cosa terribile, insopportabile, essere a conoscenza di com'era la propria figlia, che scandalo se qualcuno fosse mai venuto a saperlo. Il giorno dopo era la giornata dedicata allo sci.

Li sentii alzarsi, i loro rumori in bagno, in cucina, rimasi sdraiata, non avevo fretta. Mia madre non si fece vedere. Mio padre invece aprì di colpo la porta e, dopo essere entrato, la richiuse dietro di sé prima di fermarsi accanto al mio letto con indosso una camicia stirata e una cravatta mentre profumava di dopobarba, aveva una riunione in ufficio. Non mi guardò negli occhi, non mi guardava mai negli occhi, evitava il più possibile me e il mio sguardo perché gli ricordavo qualcosa di spiacevole che non voleva gli venisse ricordato, ma ora doveva agire in maniera preventiva. Mi chiese chi fosse Finn Lykke. Chi è Finn Lykke? Gli dissi che era uno che faceva parte della Framfylkingen insieme a Unni. Mi chiese da quanto tempo lo conoscevo. Da quanto tempo conosci Finn Lykke? Non avevo pensato di mentire, non ci pensavo affatto, ero stata scoperta e condannata a priori, nonché paralizzata dalla vergogna. Tre settimane, risposi. Mi disse che mi era proibito rivederlo. Ti proibiamo di rivedere Finn Lykke o altri che vanno alla Framfylkingen con Unni. Tua madre e io non approviamo quel genere di organizzazioni giovanili.

Poi mi chiese se avessi sanguinato. Hai sanguinato quando…, non completò la frase. Lo guardai sconcertata, ma non intendevo mentire, mi fissò in attesa di una risposta, rimasi turbata da quel suo sguardo improvviso e scossi la testa perché non avevo sanguinato, né nel letto degli ospiti a casa dei Lykke, né nel diario, il sangue non c'entrava nulla, scossi la testa. Forse mi chiese altre cose, ebbi l'impressione che fosse rimasto lì a lungo, ma a un certo punto doveva essere uscito, chiudendo la porta.

Aspettai fino a quando non sentii la sua macchina allontanarsi, fino a quando i miei fratelli non se ne furono andati, rammento di averlo fatto, ma non di essermi alzata e vestita, eppure deve essere successo perché ricordo che era la giornata dedicata allo sci e avevo sciato quasi fino a Ullevålseter. Ricordo di essermi nascosta a Sognsvann nel caos degli studenti vestiti per l'occasione e armati di sci di fondo, bastoncini e zainetti, di aver faticato a fissare gli scarponi agli sci e a impugnare come si deve i bastoncini, di essere rimasta indietro, ricordo che i pini grandi e scuri erano carichi di neve, che se toccavo un ramo con il bastoncino la neve mi cadeva addosso, che toccavo i rami con il bastoncino riempiendomi di neve, che presto mi trovai per ultima e da sola, non avevo nessuna fretta. Molto prima di raggiungere il laghetto di Åklungen, vedevo i miei compagni rientrare sfrecciando veloci in discesa, superato Åklungen, risalii i vari pendii fino a quando non vidi il rifugio, a quel punto mi girai per non incontrare nessuno con cui dover parlare. Non sapevo cosa fare. Stava salendo dentro di me qualcosa di impossibile, che cercavo di reprimere. Non aprii e non potevo aprire a ciò che minacciava di emergere in me perché non lo sopportavo, non ero in grado di gestirlo e ne sarei morta, lo percepivo con forza, ecco perché combattevo per impedirlo. Stava avvenendo in me una lotta mortale, ero un campo di battaglia.

Non presi il tram, tornai con gli sci in spalla da Sognsvann a casa, perché dove altro sarei potuta andare? Cenai con loro, ma senza mai aprire bocca. Nessuno disse nulla al riguardo, mai, neanche una parola, mai. Mia madre non lo nominò mai, neppure mio padre, niente, mai, non lo si doveva menzionare. Evitavo Unni perché non mi chiedesse, perché non sapevo cosa rispondere e, anche se avessi escogitato una risposta, non sarei stata in grado di esporla senza crollare o mettermi a piangere, e, qualora non avesse capito perché piangevo, non sarei stata capace di spiegarlo. Evitavo Helle, evitavo chi mi faceva ricordare ciò che mi costringeva a ricordare il peggio, mamma e papà e quella terribile notte. Non è facile essere umani, prima che mia madre mi chiudesse la porta in faccia. Mio padre al mattino, in piedi accanto al mio letto che mi interrogava come se fosse un suo diritto scontato e naturale. Hai sanguinato?

Finn Lykke telefonò giovedì sera e sentii mio padre dirgli di non chiamarmi più, gli proibì di telefonarmi, dichiarò che io non volevo avere più niente a che fare con lui, che non volevo più parlargli. Non richiamò più, non lo sentii più, lo dimenticai, ma non dimenticai la questione, mia madre e mio padre ubriaco di notte e che non era facile essere umani prima che mia madre mi chiudesse la porta della camera in faccia, lasciandomi da sola.

Non parlai con loro per mesi. Mia madre non mi sottoponeva più a nessun interrogatorio, non come prima, perché era diventata inerte, come se qualcosa in lei si fosse frantumato e distrutto, ero stata io. Del resto, non c'era nulla da chiedere perché mi era stato vietato di parlare o incontrare di nuovo Finn Lykke, non mi sarebbe venuto in mente di farlo e non andai più nella parte sconosciuta della città. Non ci parlavamo perché non ne avevo la forza e quando tentavamo impacciate di farlo, quando mia madre cercava di chiedermi della tesina come se la cosa le interessasse, non ci riuscivamo, perché quando ci guardavamo la parola "clitoride" e altri vocaboli indicibili riecheggiavano nell'aria. Evitavamo di guardarci, evitavano di guardarmi, di avvicinarsi a me, mi evitavano perché ero sporca, puzzavo e gli ricordavo qualcosa di insopportabilmente spiacevole.

Non potevo dire che non era vero, che ciò che avevo confessato nel diario che credevo fosse segreto me lo ero inventato e immaginato, che me l'ero sognato. Probabilmente sarebbe stato altrettanto grave, se non peggio.

Ma ormai non fa più nessuna differenza. Ciò che conta è che il contraccolpo che quell'evento mi inflisse, il dolore in cui mi gettò si sarebbero rivelati solo un assaggio, avrebbero seminato in me un seme, mi avrebbero messo sulle tracce del mio vero trauma, perché capivo intuitivamente, lo capivo con il corpo, che quanto era accaduto era la conseguenza di qualcosa di precedente, che in me albergava qualcosa di pregresso di cui non ero a conoscenza, che mi era stato volutamente tenuto nascosto ma che al contempo sapevo, mi resi conto che quello che percepivo erano le scosse di un terremoto antecedente che non avevo ancora riconosciuto e compreso.

Mio padre ubriaco e accasciato sul pavimento della camera da letto con la schiena appoggiata all'armadio: Non è facile essere umani. Mia madre che mi sbatteva la porta in faccia rivelò il triangolo di cui facevo parte.

A Helle e Unni dissi che avevo deciso di correre la maratona in primavera, che dovevo allenarmi duramente.

Il pomeriggio in cui sentii mio padre dire a Finn Lykke che non avrebbe più dovuto chiamarmi, volevo suicidarmi. Non ero in grado di sopportare la sofferenza e il fatto di dipendere ed essere controllata da chi me la stava infliggendo. Dovevo uscire da quel dolore, non ce la facevo più, mi tormentava, non lo tolleravo più e l'unico modo per liberarmene era morire. Se avessi avuto dei sonniferi, li avrei presi, ma non ne avevo, se avessi conosciuto qualcuno che usava droghe, mi sarei procurata un'overdose, ma non conoscevo nessuno che le usasse. Sonniferi o droghe sarebbero stati facili e indolori, mentre ciò che avevo a disposizione, uno dei coltelli più affilati riposto nel cassetto della cucina, quello con cui tagliavano l'arrosto di agnello la domenica, sarebbe risultato molto doloroso se non avessi centrato con precisione e non avessi affondato la lama con la giusta forza. Sdraiata sul letto, fantasticavo sul coltello riposto nel cassetto dall'altro lato della parete, se lo avessi avuto in camera, l'avrei fatto, tanta era la brama, tanto desideravo farlo, infilzarmelo nel corpo, proprio dentro il mio cuore spezzato e farla finita con tutto, con il dolore e per mostrare loro cosa mi stavano facendo: guardate cosa mi state facendo! Ma mia madre era in cucina tutto il giorno e mio padre sedeva in soggiorno, c'erano persone dappertutto. Uscii per buttarmi sotto il tram, corsi fino alla stazione di Berg per farlo lì, mi piazzai il più possibile vicino al limitare della banchina in modo da gettarmi poco prima che il tram iniziasse a frenare e tutto sarebbe finito in un istante e in maniera indolore. Giunta alla stazione, speravo che il tram arrivasse presto per non perdere il coraggio durante l'attesa, ma d'un tratto apparve la mia insegnante di Norvegese che, camminando, mi vide, si avvicinò e mi disse che era strano incontrarmi proprio in quel momento perché era rimasta a scuola a correggere i temi e aveva appena letto il mio sulla mia stagione preferita, l'inverno, mi disse, e quanto c'era scritto l'aveva inquietata, disse, sì, turbata, disse, ma soprattutto le aveva dato da pensare, disse, l'aveva spinta a riflettere se esisteva una connessione tra entusiasmo e amarezza, ci avevo pensato? Scossi lentamente la testa. Ma sapevo scrivere, disse, ero un'ottima penna, disse, ci teneva che ne fossi consapevole, una penna così buona che forse avrei potuto viverci. Arrivò il tram, l'insegnante di Norvegese lo prese e io rimasi lì dov'ero, me ne andai, feci un lungo giro, ma poi tornai a casa, da loro.

Ancora non lo sanno, che ciò che avevo confidato nel diario segreto non era vero, che era stato inventato, erano fantasticherie, ma adesso non ha più importanza.

Ma l'effetto che ebbe, il mio primo poetare e il terrore che causò, mi insegnò qualcosa di fondamentale: che ciò che inventiamo con la mente o la scrittura può avere maggior significato di quello che è vero, anzi essere più vero.

Quarantotto anni dopo, in una piccola casa di legno immersa nei boschi del Nordmarka nel buio mese di novembre, quell'evento mi tornò inaspettatamente alla memoria con un'intensità sorprendente e con dettagli stupefacenti che avevo dimenticato da tempo. Perché voleva dirmi qualcosa, ma cosa?

Non ci pensavo da tanto, da anni, me l'ero lasciato alle spalle. L'avevo menzionato in alcuni romanzi, quelli che erano più vicini alla mia vita, ma solo di sfuggita e prevalentemente come un episodio divertente dove avevo posto l'enfasi sulla battuta di Finn Lykke quando aveva dichiarato che ora ero diventata donna, se non ricordo male, ma, non avendo i romanzi, non potevo controllare. Tuttavia, mi venne in mente, cosa che mi fece salire il sangue alla testa, qualche mese prima non avevo forse raccontato a un festival letterario a Tromsø una versione abbreviata della storia durante un afterparty intellettualmente elevato? Non avevo fatto ridere la gente quando avevo narrato la storia delle eccessive aspettative di una giovane donna nei confronti del suo debutto sessuale e del desiderio di un giovane di mostrarsi all'altezza, come avevo fatto qualche volta decenni prima, quando parlavo più spesso ai giovani? A un afterparty in occasione di un festival letterario a Tromsø, quando, in preda ai fumi dell'alcol e a mo' di intrattenimento, avevo tirato in ballo la storia di Finn Lykke come se si fosse trattato di una commedia, non avevo risvegliato in me quella storia? E ora la giovane donna, che ero un tempo e che viveva dentro di me, protestava contro il modo in cui l'avevo presentata, delusa dal fatto che nemmeno il suo stesso io futuro la prendeva sul serio. La giovane donna che ero una volta insisteva sulla gravità dell'evento, su quanto fosse stato determinante e definitivo, non solo per lei, ma per la famiglia, per il seme che aveva piantato e innaffiato. E su quanto fosse stato doloroso che la storia non fosse mai più stata menzionata, non vi venisse più fatto alcun riferimento, che non dovesse esistere, che ci si aspettasse che lei, la giovane donna che ero, si comportasse come se non fosse mai successa e non la raccontasse mai a nessuno, nemmeno ai suoi fratelli, specialmente a loro, anche se o proprio perché erano indirettamente coinvolti? E quanto fosse stato doloroso il fatto che non andava menzionata nemmeno a coloro con cui l'aveva vissuta, probabilmente perché era così eloquente, svelava troppo, indicava in direzione del segreto, perché il segreto non era il mio diario.

Quarantotto anni fa, quando ero ignara della mia stessa storia e dell'esistenza del nostro triangolo, questo non lo capivo, ecco perché il dolore travolgente che seguì sulla scia dell'evento mi era inspiegabile, ecco perché era più difficile da gestire che se l'avessi compreso. Non ne parlai mai con nessuno, né con Unni, né con Helle, né con i miei fratelli, non poteva essere né andava menzionato e io non lo menzionavo, probabilmente perché, se lo avessi fatto, avrei rivelato indirettamente qualcosa di peggio.

Era previsto che tacessi e tenni fede a quelle aspettative, così come i giovani assolvono spesso quelle dei genitori per non essere puniti e loro mi avevano appena dato una lezione su quanta sofferenza erano in grado di infliggermi.

Nemmeno quando ero più grande, a diciotto, diciannove, vent'anni, lo raccontai a nessuno e non mi sarebbe mai venuto in mente di chiedere a mia madre o mio padre come avessero vissuto quella strana notte di novembre, chiedere perché mio padre si era ubriacato a tal punto, aveva pronunciato quelle parole strane e cosa intendeva dire con quell'affermazione per tutti noi inaspettata e quasi strindberghiana: Non è facile essere umani. Non chiedevo perché lo sapevo pur non sapendo. Lo sapevamo tutti e tre.

Perciò non mi sfiorò il pensiero, né all'epoca né negli anni successivi, di accusare mia madre di aver cercato, trovato e letto il diario segreto. Perché non era quello il punto, non era quello il crimine, il crimine era un altro, intoccabile per ognuno di noi, e io ero colpevole a priori. Mi sentivo profondamente colpevole.

L'episodio ritornò con intensità e dovizia di dettagli – mia madre con gli occhiali storti sul naso, il suo odore notturno, la vestaglia, mio padre scalzo che barcollava lungo il corridoio appoggiandosi a mia madre – per suscitare la mia compassione per quella che ero una volta e per dirmi quanto fosse stato fondamentale e formativo per me come scrittrice. Smisi di tenere un diario, perdendo così il mio spazio più intimo nonché il luogo dove conducevo un dialogo interiore con me stessa, perdendo il mezzo più importante che avevo per tranquillizzarmi, la sensazione lenitiva di scomparsa e di esistenza vibrante che la scrittura portava con sé. Da quel momento in poi, quando scrivevo, e solo quando *dovevo* farlo, a scuola o facendo i compiti a casa, i miei genitori erano mentalmente presenti nella stanza e seguivano la mia penna con occhi sospettosi, quindi sceglievo le mie parole con cura. Se non riuscivo a proseguire con un testo perché non trovavo vocaboli e frasi neutrali, correvo portandomi dietro il libro degli esercizi infilato sotto il maglione in modo da dimenticare l'elaborato e, quando tornavo in camera, lo leggevo come se non fosse stato scritto da me. Correggevo ed eliminavo tutto quello in cui, a mio avviso, trovavo tracce di me stessa, scrivevo e correggevo come se fossi stata sotto sorveglianza e potessi essere punita per le mie parole, e potevo.

Non avevo dimenticato quello che l'insegnante di Norvegese mi aveva detto alla stazione di Berg, la sera in cui ero andata lì per porre fine al dolore, riguardo alla possibile connessione esistente tra amarezza ed entusiasmo e che forse avrei potuto vivere della mia scrittura. Grazie a questo ero tornata a casa. E ora mi aiutava ulteriormente. Che forse avrei potuto vivere della mia scrittura, erano parole che conservavo nel cuore per il futuro, ma ciò che riguardava l'amarezza e l'entusiasmo mi fu d'aiuto nella situazione che vivevo in quel momento. In ogni compito eliminavo tutto ciò che poteva ricordare l'amarezza o l'entusiasmo, sceglievo sempre i temi che presupponevano una discussione, pro e contro il disarmo, pro e contro la Comunità Europea, e con il tempo sviluppai metodi per ingannare i miei sorveglianti, un linguaggio in codice che mi permetteva di esprimere ciò che mi stava a cuore e ciò che mi angustiava la mente senza che loro potessero scoprirlo. Ma fu un processo lungo e complicato che richiese molti anni, sia per sviluppare il metodo sia per capire cosa mi tormentava il cuore e il pensiero.

Per tutto il resto di quel buio mese di novembre fui molto giù. Per tutto quel buio e terribile dicembre familiare, per tutto il resto di quel lunghissimo inverno, freddo e buio, fui pesante, portavo da sola quel fardello. I miei genitori sbrigavano come sempre le loro faccende quotidiane, si comportavano come sempre, si concentravano sui miei fratelli, soprattutto sulle due sorelline più piccole, era naturale. Pareva che nulla li avesse scalfiti, erano impassibili, però mi evitavano, probabilmente perché la mia presenza li obbligava a ricordare quella scellerata notte di novembre e perché vedevano che ero pesante e non volevano rimanere contagiati da quel fardello, forse anche perché provavano una specie di senso di colpa, e io gli facevo ricordare pure quello. Erano due contro uno, ero quello che percepivo, dovevo portare da sola quello che avevamo vissuto insieme e che univa noi e i nostri destini.

Devono aver parlato di ciò che era accaduto quella strana notte di novembre del 1975, parlato tra di loro di ciò di cui io non avevo nessuno con cui parlare. Mia madre deve essersi sicuramente chiesta perché mio padre fosse rimasto così sconvolto leggendo il mio diario, così stressato dal dover uscire a bere per poi tornare a casa completamente ubriaco e singhiozzante, dicendo che non era facile essere umani, perché? Mia madre deve aver sicuramente pensato che si trattava di una reazione strana a ciò che avevo scritto, per quanto fosse crudo, e quanto fosse crudo non lo posso controllare perché era stato strappato a brandelli e buttato giù nel water quella notte stessa. Ma mia madre avrà probabilmente pensato che la reazione di mio padre al diario era così stranamente distaccata, sì, sorprendentemente distaccata rispetto al modo in cui si rapportava altrimenti a me, se paragonata alle mie sorelle più giovani. Non è facile essere umani. È vero, come venne dichiarato da mio padre una notte di novembre del 1975, ed è la cosa più bella che io gli abbia mai sentito dire. Un'affermazione vulnerabile da parte di un uomo che credevo invulnerabile, un dominatore, un risolutore che non avevo mai visto piangere, che non avevo mai visto rivelare con un'espressione del viso che trovasse la vita complicata o impegnativa. Era bello anche quando diceva Lasciala in pace, perché quelle parole rivelavano che possedeva una certa comprensione della mia situazione e, se c'era qualcuno che la comprendeva, era lui. Sapeva qualcosa di me di cui non ero ancora consapevole, sapeva qualcosa che mia madre non sapeva, ma che lei temeva e questa sua paura la spingeva a tormentarmi, lui lo vedeva. Lasciala in pace.

Mia madre temeva che mi fosse accaduto qualcosa, mio padre temeva che venisse alla luce, entrambi avevano paura, ma ognuno per conto proprio e ognuno a modo proprio, ma poi nel buio mese di novembre era avvenuto qualcosa di inaspettato e mia madre aveva avuto conferma di ciò che temeva, così immagino che dopo ne avessero parlato, o forse no?

Se in seguito agli strani eventi della notte di novembre, mia madre avesse chiesto a mio padre ciò che lei temeva, probabilmente lui avrebbe respinto la domanda: Come puoi pensare una cosa del genere di me?, e mia madre avrebbe taciuto, perché il capo era mio padre e mia madre dipendeva da lui. Questo lei l'avrebbe previsto, quindi non c'era motivo di chiedere, ecco perché non domandò. Ma anche se avesse chiesto perché non riusciva a trattenersi non essendo in grado di controllare le proprie emozioni e, se contro ogni previsione mio padre le avesse risposto onestamente confermandole ciò che temeva, mia madre cosa avrebbe potuto fare? Divorziare? Era impossibile, non ne sarebbe stata in grado, quattro figli, nessuna istruzione, niente soldi, impossibile, denunciarlo alla polizia, ancora più impossibile. Aveva previsto anche questo, per cui non chiese, non era sconsiderata fino a quel punto quando si trattava di una questione di vita o di morte, per cui non domandò.

Ma se dopo un po' di tempo, dopo che si erano ripresi, magari un tranquillo sabato sera mentre i figli dormivano, quando avevano bevuto del vino e la situazione drammatica di quella notte di novembre sembrava così lontana, mia madre glielo avesse chiesto e lo avesse fatto esordendo in questo modo: Ora raccontami tutto, ti prometto che rimarrà tra noi e che non ti lascerò, non si poteva allora pensare che le rispondesse onestamente? E poi si sarebbero accordati per lasciarsi tutto alle spalle, non menzionarlo mai più con una parola e comportarsi come se non fosse mai successo, perché era la cosa più facile per tutti, anche per me? Sì, è possibile, ma non probabile, perché anche se avessero deciso di lasciarsi tutto alle spalle, di non farne mai più parola, mio padre non poteva essere certo che mia madre avrebbe mantenuto la promessa, perché mia madre era imprevedibile e in futuro sarebbero potute sorgere situazioni, conflitti tra di loro in cui mia madre avrebbe potuto usare la sua conoscenza per ottenere ciò che voleva in varie questioni. E mio padre non era così stupido da consegnarle qualcosa che a lungo termine si sarebbe potuto ritorcere contro di lui, un'arma. Ma era soprattutto improbabile perché non erano così giovani e inesperti da esporre il proprio parere e perché all'epoca non era comune parlare apertamente ed esprimersi su questioni difficili e scomode, al contrario, era comune tacere e mantenere il silenzio su ciò che era scomodo, il silenzio era considerato una virtù. Ma poi, molti anni dopo, quando i figli se ne erano andati via di casa e loro si trovavano soli nella grande villa progettata da un architetto, dove la famiglia si era trasferita non molti mesi dopo l'accaduto, dopo aver vissuto tensioni ed essere stati sull'orlo del divorzio, alla fine avevano deciso di restare insieme e si erano riconciliati sulla questione, sì, era successo quasi di sicuro e probabilmente in un modo che era buono e lenitivo per entrambi.

Durante una sera in cui avevano bevuto vino, era probabilmente riemersa quella strana notte di novembre di anni prima e mia madre glielo aveva chiesto, subito dopo avergli giurato che non lo avrebbe mai abbandonato qualunque cosa le dicesse perché erano vecchi e solidi compagni di vita che avevano vissuto così tanto insieme, e in un certo senso avevano accettato il proprio destino e del resto lei lo sapeva, e lui lo sapeva. Allora mio padre le raccontò, non tutto e non nei dettagli, ma abbastanza perché mia madre capisse in quale situazione si era trovata e in quale si trovava, e in quale situazione mio padre si era trovato e si trovava ora, e ciò rese le azioni di entrambi comprensibili all'altro. Fu un sollievo per entrambi e un regalo da parte di mio padre a mia madre perché voleva dire che mia madre non era stata irragionevolmente nervosa e isterica per me senza motivo. Perché era un dato statistico e una cosa nota anche allora che chi aveva vissuto sulla propria pelle ciò che avevo vissuto io si ubriacava e si drogava più spesso ed era sessualmente attivo prima degli altri. Così la confessione di mio padre trasformò mia madre facendola diventare da donna isterica e nevrotica una relativamente giudiziosa e spiegando allo stesso tempo la frase di mio padre: Lasciala in pace, parole che all'epoca lei aveva vissuto come una critica. Sì, è molto probabile che a un certo punto abbiano avuto una conversazione decisiva e abbastanza sincera su come stava la famiglia quando vivevano al primo piano di Grøndahls vei, prima di trasferirsi nella bella casa al di là di Tåsenveien, diventando così complici. Avevano un segreto che entrambi erano interessati a mantenere tale e si erano promessi di non farne mai parola con nessuno, era qualcosa di rassicurante e unificante che probabilmente infuse in loro una certa serenità, ora che l'indicibile non incombeva più sopra le loro teste. La bomba era esplosa, ma in condizioni controllate, la paura era scemata e le pietre che opprimevano i loro cuori erano cadute. Ma in realtà, finché io esistevo, non si potevano ritenere completamente al sicuro perché, man mano che crescevo, quanto accaduto poteva emergere in me passando dall'inconscio al conscio, e allora? Dopo la conversazione liberatoria, conciliante e unificante intercorsa tra di loro, ero io la bomba inesplosa. E negli anni seguenti la percepii, la loro crescente inquietudine nei miei confronti. La sentivo, ma non capivo, perché, a differenza dei miei avversari e compagni di sventura, non sapevo in quale situazione mi trovassi. Possedevano le chiavi della mia sciagura, quella che era avvenuta e quella che stava incombendo, ma non mi diedero mai quelle che avrebbero potuto aiutarmi a capire. Non mi aiutarono, cosa alquanto comprensibile, perché sarebbe stato troppo pericoloso per loro stessi. Non volevano illuminarmi né illuminare il paesaggio in cui mi muovevo, per questo non mi introdussero a quella loro conoscenza che per me era di interesse vitale, ecco perché fui costretta ad affrontare sola e da sola quel lavoro impegnativo. Mi osservavano vigili, mi evitavano, mi temevano e mi evitavano. Debuttai come scrittrice, fortunatamente con un libro per bambini, ne furono felici, ma senza esprimere il fatto che fossero orgogliosi di me né lodandomi per non incoraggiare un'attività che temevano, leggevano ciò che scrivevo con trepidazione, lo capivo, lo sentivo, ma non comprendevo la loro evidente ambivalenza, solo in seguito mi resi conto di quanta paura dovevano avere che l'indicibile trapelasse dalle pagine stampate che potevano essere lette da chiunque. Con quanto tremore devono aver sfogliato le mie nuove pubblicazioni alla ricerca di segnali di ciò che mia madre aveva sempre cercato durante la mia gioventù, anche se ora in modo completamente diverso. E quanto sollievo devono aver provato quando non trovavano nulla. Ma anche se non lo trovavano in maniera esplicita, gli sembrava probabilmente di poter cogliere tracce e suggerimenti, tanto che alcuni lettori più attenti avrebbero potuto mettere insieme due più due? Quanta ansia devono aver provato durante le feste e gli incontri al pensiero che qualcosa di ciò che avevo scritto emergesse nella conversazione e quanto sollievo devono aver sentito quando sembrava che nessuno stesse mettendo insieme i vari tasselli, quei miei poveri genitori così duramente provati e con i nervi tesi. Mi leggevano, anche se ne parlavano raramente. Mio padre non vi accennava mai, mia madre lo faceva di rado e, quando avveniva, ripeteva spesso un commento critico che aveva fatto qualcun altro. Ma con tutta probabilità mi leggevano, non posso saperlo con certezza, ma lo considero verosimile, che mi leggessero con timore e attenzione, notando come il mio linguaggio e la mia voce, libro dopo libro, si allontanava dalla loro sfera di controllo, come non correggevo più i miei testi con la loro immaginaria penna rossa, per cui accrebbe la loro paura che la bomba non detonata potesse esplodere. Ma almeno avevano concordato che, se fosse successo, si sarebbero uniti compatti e pronti a confutare quello che mi sarebbe venuto in mente di sostenere. Per loro deve essere stato qualcosa di positivo.

Non finisci mai? No. Ripeti, richiami, rivivi, riproponi e ricambi perché l'infanzia persiste, la gioventù persiste, l'infanzia e la giovinezza rappresentano un futuro che inizia costantemente, un processo continuo. Lo accerchio e lo restringo senza sosta perché il corpo ricorda, sostiene e pensa, il corpo sa, non solo la mente. La mente si scontra con un limite e, quando scrivo, vado a urtare quel limite, per questo scrivo, lavoro con questo limite per capire cosa ha peso e cosa ha significato, sì, riscrivo e riproduco, come il pittore ha creato diverse versioni dell'urlo, ripeto e vario la ripetizione, senza vergogna, con i nervi scoperti e i rigurgiti acidi, ma necessari, per essere in grado di elaborare, capire, lasciarmi alle spalle o rafforzare in me l'amarezza e l'entusiasmo, per cambiare me stessa ripetendo e variando i modelli, per far questo evoco mia madre, evoco mio padre, evoco i miei genitori, queste due tristi figure che ho amato, perché chi altro avrei potuto amare, non sono mai stata indifferente verso di loro e loro non lo sono stati verso di me, giustificati e colpevoli verso di me, timorosi di me nel doppio senso della parola, e a ragione.

Si stavano preparando. Al fatto che quanto esisteva d'inconscio in me avrebbe potuto rivelarsi e diventare consapevole man mano che crescendo diventavo adulta e loro perdevano influenza e controllo su di me. Temevano che potessi andare alla ricerca di conoscenze che mi avrebbero messo sulla buona strada, aiutandomi a far comprendere me stessa a me stessa, temevano che avrei letto i nuovi romanzi che uscivano e che parlavano di ciò che albergava in me. E li avevo anche aperti, ma per abbandonarli subito perché non mi sembravano all'altezza da un punto di vista letterario, dicevo, e anche questo indicava ovviamente qualcosa. Probabilmente temevano i miei sogni notturni per ciò che avrebbero potuto rivelare e temevano forse i miei lapsus rivelatori, gli errori di scrittura, la virulenza del testo e le risposte taglienti di ripicca, nella misura in cui erano consapevoli di tali processi dell'anima. Ma temevano soprattutto la mia scrittura perché vedevano, e molto prima di me, l'ignara, come essa, pubblicazione dopo pubblicazione, si avvicinasse inesorabilmente allo scottante indicibile. Perché scrivevo così tanto sul sesso, diceva mia madre, da scatenare la reazione della gente?, sembrava quasi che volessi scioccare per attirare l'attenzione, diceva, perché scrivevo così tanto sull'alcol, mi chiedeva, lo avevano commentato in molti, come se volessi fare la dura, ed era una cosa puerile, diceva, ma io sentivo la sua ansia, la buona e vecchia paura di un tempo. Quelle parole non mi toccavano, eppure mi facevano male, ma sia la sua paura sia il mio dolore puntavano verso qualcosa di preciso e mi permettevano di aggiungere nuovi tasselli al puzzle, mia madre mi stava aiutando involontariamente. Temevano la mia scrittura e a ragione, perché fu essa a portare alla svolta. Gli attacchi di dolore che seguivano certe fasi della mia scrittura erano indicativi e, quando svenivo dopo aver scritto un particolare paragrafo, quando io, quando il dolore che seguiva lo svenimento era scemato, tornavo per vedere cosa avevo scritto, mi rendevo conto che non c'era ciò che avevo intenzione di scrivere sull'incontro sessuale tra un uomo e una donna, che lui la toccava come un medico, ma che avevo scritto che lui la toccava come un papà. E le immagini arrivavano, le immagini insopportabili arrivavano come scariche elettriche attraverso il cervello, luminose e chiare con una potenza di migliaia di volt, e tutto andava a posto e io crollavo insieme alle pareti bruciate che avevo nella testa. Da allora non sono stata più la stessa.

Si preparavano. Mi leggevano con paura crescente e si preparavano.

La figlia maggiore convoca la famiglia sostenendo qualcosa di inaudito sul proprio padre e il padre scuote inorridito la testa, guarda gli altri figli adulti e dice: Pensate davvero che io possa fare una cosa simile?

Parola contro parola, poiché non esistono prove.

Ma quando stavano per prepararsi ad affrontare la peggiore delle eventualità, quello scenario estremamente difficile e drammatico, si resero conto che la peggiore delle eventualità non sarebbe mai accaduta, che la paura era infondata perché nessuno dei fratelli avrebbe scelto di credere alla figlia maggiore. Perché, se l'avessero fatto, sarebbe stata una scelta e si sarebbe aperto proprio davanti a loro un abisso profondo e vorace. Avrebbero potuto festeggiare l'imminente compleanno del padre, festeggiare il Natale come prima, festeggiare la Pasqua come sempre e la madre sarebbe potuta rimanere sposata con il padre? Avrebbero dovuto informare il resto della famiglia, i parenti e i vicini, e non era poi qualcosa di grave e illegale, bisognava coinvolgere la polizia? Se avessero scelto di credere alla figlia maggiore, perché si sarebbe trattato di una scelta, si sarebbe aperto un mare di impossibilità, la famiglia si sarebbe disciolta e sarebbe andata in rovina, ma se avessero scelto di credere al padre, la famiglia sarebbe rimasta unita, avrebbero potuto festeggiare Natale, Pasqua e il compleanno del padre, non bisognava informare nessuno né coinvolgere la polizia e la madre sarebbe rimasta sposata con il padre. Scegliere di credere al padre significava salvare la famiglia e la sua vita futura, forse con lo sfortunato effetto collaterale, la sfortunata conseguenza, di sacrificare la figlia maggiore, ma era un sacrificio minore rispetto all'abisso nero, del resto era già un'anima persa e smarrita, negli ultimi anni la sua presenza aveva causato solo stress e disagio.

Seduta in una casetta immersa nei boschi del Nordmarka, immaginavo come avessero avuto una conversazione liberatoria su ciò di cui non avevo nessuno con cui parlare. Immaginavo l'enorme sollievo che avevano provato nel momento in cui avevano capito che il pericolo era probabilmente finito, che non avevano più bisogno di essere in stato di allerta. Ma poi erano seguite altre istantanee dei due, mentre erano seduti ognuno nella rispettiva poltrona verde, immagini risalenti a tutte le lunghe serate successive a quella in cui avevano avuto una conversazione liberatoria su come rapportarsi a quella strana notte di novembre e alla possibilità che venisse a galla quanto indicava. Zoomando con il pensiero, parevano grevi e taciturni mentre se ne stavano lì nelle loro poltrone, ognuno per conto proprio, così soli. Perché ciò su cui si erano accordati, e per necessità, non era anche una sorta di peccato, un torto commesso ai danni della figlia, la loro stessa carne e sangue, come si dice? Sì, mi sembrava di vederlo ritratto nei loro volti, come ciò su cui si erano accordati e che in linea di principio era un sollievo dopo un po' aveva cominciato a tormentarli. Però non andava detto perché non si può invertire una tale decisione, era sigillata e sepolta, e nessuno di loro aveva il coraggio di accollarsi il lavoro scomodo e doloroso di riesumarla per riconsiderarla. Zoomai su ognuno di loro, seduti nelle rispettive poltrone verdi davanti alla televisione dalle immagini fluttuanti, e li vedevo taciturni e afflitti. Perché portavano dentro di sé un senso di colpa sordo, cupo, anche se ognuno a modo suo e in maniera separata? Perché mio padre, credevo per come lo conoscevo, e lo conoscevo alla mia maniera, era capace di provare una certa forma di rispetto per me, per l'indipendenza che mostravo, per la mia intraprendenza, per il fatto che riuscivo a cavarmela economicamente senza aiuto. Non sarei rimasta sorpresa se, ma forse si tratta solo di un mio desiderio, si fosse detto di tanto in tanto: Quella mi somiglia, la mia figlia maggiore, l'innominabile. Ma non poteva confidarlo a mia madre. Mentre mia madre, che era stata ed era ancora economicamente dipendente da mio padre, percepiva il rispetto segreto che lui nutriva per l'indipendenza dell'innominabile, per la sua intransigenza, ciò che lei non aveva, per cui mio padre non rispettava mia madre allo stesso modo, cosa che la faceva infuriare, ma al contempo non poteva sfogare la propria rabbia perché portava dentro di sé una vergogna. Aveva promesso di stare al fianco di mio padre e quello era un dono di cui mio padre le era grato, ma che non era degno di ammirazione da un punto di vista sociale, e lei lo sapeva, lo sapevano entrambi. Sedevano nelle loro poltrone in balia di pensieri che non potevano condividere perché in tal caso tutto sarebbe diventato impossibile, così tacevano sui loro tormenti mentre, come si dice, erano legati entrambi all'albero maestro, ma non allo stesso.

Lo vedevo adesso, quanto deve essere stato difficile per loro, a lungo andare. Ma all'inizio era stato solo un sollievo: la loro ansia si era affievolita, la mia era aumentata, ero sola in quella oscurità muta. E io, la tua incarnazione, non c'ero per te, né quella terribile notte di novembre né l'inverno freddo e buio che seguì, né la primavera troppo luminosa e accecante che giunse come sempre anche se il mio mondo era stravolto, mentre la luce primaverile penetrava rivelatrice dentro di me, mi attraversava senza che io potessi impedirlo, mi scavava dentro per illuminare e scrutare senza permesso il mio io, notti così chiare che non c'erano posti dove nascondersi, tutto messo a nudo ed esposto. E io, la tua incarnazione, non c'ero e non ero in grado di infonderti coraggio né conforto, non capivo la profondità del tuo dolore, la totalità del tuo dolore, non sapevo che esistesse una tale sofferenza psicologica e fisica causata dalle parole, dalle azioni e dagli atteggiamenti dei suoi, tuoi tutori, e non l'ho sentito fino a questo momento, quarantotto anni dopo, con quarantotto anni di ritardo, il grido di colei che ero, rivolto a me, il grido rivolto alla sua incarnazione, un grido che attraversava decenni: Parlami! Confortami! Tendimi una mano salvifica, gettami una corda, tirami su! Ma non sentivo le grida, le suppliche disperate, le sento solo ora, ma adesso in cambio mi risuonano nel cervello e non smettono di riecheggiare.

Lei non capiva, perché, come avrebbe potuto, visto che ciò che viveva a sedici anni erano le scosse postume di un terremoto precedente a lei sconosciuto. E se qualcuno glielo avesse detto, se io, la sua incarnazione, glielo avessi detto, non sarebbe stata in grado di sopportarlo perché, quando, sopravvissuta a malapena alle scosse, si ammalò rimanendone schiacciata, quella volta in cui soffrì così terribilmente, non avrebbe tollerato l'idea di ricordare, di rivivere il vero terremoto, avrebbe potuto morire sotto di esso perché io, la sua incarnazione, non ho la forza di farlo, non ne ho nemmeno il coraggio.

Esiste un dolore, una sofferenza così intensa da essere qualcosa di orribile, mi cacciarono via, per poi incolparmi di essermene andata.

Una notte buia di novembre, sola in una casetta di tronchi nel Nordmarka, l'oscurità è pungente, e tremo al pensiero delle verità fredde come la notte che mi hanno attraversato fluttuando dentro di me, e grido ripetutamente il mio nome, quel nome duro, mentre il cane scava nella neve e scavando si fa strada fino a raggiungere il terreno e continua a scavare e scava riportando in superficie la terra con zampe zelanti o disperate, con le unghie, scava come se stesse cercando il proprio cuore o altri cani che hanno vissuto lì, nelle profondità del buio, e poi arriva lei, sedici anni, sta a piedi nudi nella neve davanti alla porta della veranda, avevo dimenticato il suo aspetto, che fosse così pallida, del resto era novembre, che fosse così magra, del resto aveva smesso di mangiare, era così muta, del resto aveva smesso di parlare e scrivere, sta davanti alla finestra della porta che dà sulla piccola veranda della casetta nel bosco, così gelidamente sola e senza genitori, eppure non osavo aprire, poi aprii comunque, ed entrò indossando la camicia da notte di allora, a fiori blu, che le arrivava quasi fino ai piedi, l'avevo dimenticata. A essere misterioso non è come è il mondo, ma il fatto che c'è. Dopo essere entrata, mi superò, senza chiudersi la porta alle spalle, che così rimase aperta verso la fredda notte di novembre, ma non volevo passarle davanti per andare a chiuderla, era lì tremante, così fragile, quasi diafana. L'abbracciai e lei si lasciò abbracciare e l'attimo di quell'abbraccio annullò il tempo, la matematica e la meccanica del mio orologio non contavano più perché quello non era un punto su una linea o un cerchio, ma un istante profondo, pieno, infinito e articolato.

FSC
MISTO
Carta
FSC® C129194

Finito di stampare
nel mese di febbraio 2025
presso Print on Web s.r.l.
Via Napoli, 85 – Isola del Liri (FR)
per conto di
Fazi Editore